Petra Fischer

Luftnot

und andere
Krankengeschichten

Copyright: © 2019 Petra Fischer
Umschlag & Satz: Erik Kinting – www.buchlektorat.net
Titelbild: © Thomas Fischer, ohne Titel

Verlag und Druck:
tredition GmbH
Halenreie 40-44
22359 Hamburg

978-3-7497-9089-0 (Paperback)
978-3-7497-9090-6 (Hardcover)
978-3-7497-9091-3 (e-Book)

Bibliografische Information der Deutschen Nationalbibliothek:
Die Deutsche Nationalbibliothek verzeichnet diese Publikation in der Deutschen Nationalbibliografie; detaillierte bibliografische Daten sind im Internet über http://dnb.d-nb.de abrufbar.

Inhalt

Vorwort

Humpty Dumpty sat on a wall,
Humpty Dumpty had a great fall.
All the King's horses and all the King's men
Couldn't put Humpty together again.

Des Rätsels Lösung ist ein zerbrechliches Ei. Es kullert von der Mauer, zerspringt und wird auch mit größtem Aufwand nicht wieder so heil wie zuvor.[1] – Die einstige Gesundheit ist weg, der Schicksalsschlag nicht völlig reparabel und gräbt tiefe Spuren. Alles ist nun anders.

Im Chor riefen wir den Kinderreim aus der englischen Sammlung *Mother Goose* mit zehn Jahren im Englischunterricht. Ich erinnerte mich erst wieder daran, als ich nun über meine Patientinnen und Patienten schreibe, über ihre Geduld und Kraft.

Menschen, die nach der Diagnose einer schweren Krankheit ihr Aussehen, ihr Fühlen, ihre Hoffnungen ganz neu erfahren mussten, sind mir oft begegnet. Von ihnen sollen diese Kurzgeschichten handeln. Als Ärztin für Allgemeinmedizin habe ich

---

[1]Es gibt geistreiche Deutungen von Humpty als historische Kanone oder Richard III., doch die Geschichte vom kaputten Ei leuchtet sofort ein.

sie über lange Zeit, teils bis in den Tod begleitet. Einige haben viel erzählt, andere streiften mich nur kurz in einer Krisensituation, im Notdienst, auf der Durchreise. Die Unsicherheit, der Schmerz, die Luftnot, die Schwäche graben Spuren in unser Selbstbild.

Wie kann ich etwas über diese eindrucksvollen Menschen mitteilen? Sie haben freiwillig einen Teil ihrer privatesten Geheimnisse mit mir geteilt. Die einzelnen Geschichten darf ich nicht weitergeben. Eine der besonders wichtigen Grundlagen für das Verhältnis zwischen Ärzten und Patienten ist die ärztliche Schweigepflicht. Schon etwa 4000 Jahre vor unserer Zeitrechnung sammelten griechische Ärzte die teils noch älteren Wurzeln der Medizinethik zu einem Gelöbnis. Nach Hippokrates von Kos werden diese Gebote und Verbote *Hippokratischer Eid* genannt: *Was ich bei der Behandlung sehe und höre oder auch außerhalb der Behandlung im Leben der Menschen, werde ich, soweit man es nicht ausplaudern darf, verschweigen und solches als ein Geheimnis betrachten.*
Moderner formulierte der Weltärztebund das ärztliche Standesrecht 1948 in der *Genfer Deklaration*, die Schweigepflicht blieb dabei fast gleich: *Ich werde die mir anvertrauten Geheimnisse auch*

über den Tod der Patientin oder des Patienten hinaus wahren.

Im deutschen Strafrecht regelt § 203 StGB die Verletzung von Privatgeheimnissen durch zahlreiche Berufsgruppen wie Ärzte und Psychologen samt ihren Helfern, Anwälte, Mitarbeiter von Beratungsstellen, Sozialarbeiter, Versicherungsangestellte und gewisse Amtsträger: *Wer unbefugt ein fremdes Geheimnis, namentlich ein zum persönlichen Lebensbereich gehörendes Geheimnis oder ein Betriebs- oder Geschäftsgeheimnis, offenbart ... wird mit Freiheitsstrafe bis zu einem Jahr oder mit Geldstrafe bestraft ...*

Deshalb habe ich den Patienten in jeder Kurzgeschichte neue Namen und Familien gegeben, manchmal das Geschlecht gewechselt, auch Schicksale aus meinem persönlichen Kreis von Verwandten und Bekannten untergemischt. Vor allem habe ich Motive verschiedener Menschen zu einer Geschichte zusammengefasst. Die Details der Krankheiten sind wahr, sie gehören aber zu mehreren Leben in neuer Kombination. Ein Fragment erinnert vielleicht an die kranke Frau A. oder den toten Nachbarn B., doch sind sie verkleidet und ihre ganze Geschichte steht hier nicht.

Ich danke allen Frauen, Männern und Kindern, die mich an ihren guten und schlechten Tagen teilnehmen ließen. Oft haben sie mich sehr berührt, auch zu Tränen gerührt, sie haben mich vieles gelehrt.

Ich danke meinem Mann und meinen Kindern für die Liebe, mit der sie eine oft abwesende Frau und Mutter getragen haben. Auch wenn mein Kopf und meine Hände woanders waren – mein Herz war immer bei Euch!

Petra Fischer

Kinderwunsch

Lukas und Laura sind füreinander geschaffen. Ihre Hände passen ineinander. Lauras Nase schmiegt sich exakt in die Kuhle unter seinem Ohr. Er mag ihre Stimme und sie seine. Sie schnuppert an seiner Schläfe und schnurrt. Er streicht über die Härchen auf ihrem Unterarm und sie bekommt sofort eine Gänsehaut. Am ersten Tag schon ist klar, dass sie zusammenbleiben werden. Die ewige Frage stellt sich nicht, ob Liebe aus bewusster Wahl entsteht oder einer Abfolge biochemischer Reaktionen folgt – alles passt. Beide studieren noch, sie auf Lehramt, er Meeresbiologie. Unterm Weihnachtsbaum liegt ein schmales Buch für sie: der Reiseführer für Paris in den Semesterferien. Sein Weihnachtsgeschenk bauscht sich im Packpapier: Sie hat ihm einen Pullover für Expeditionen ins Eismeer gestrickt.

Er fährt zur See.
»Pass auf dich auf!«
»Alles Gute für deine Prüfung!«
Drei Monate Trennung und Sehnsucht.

Lukas kehrt mit braunen Armen in ihre zartgoldenen Arme zurück. Muskelbepackt von der schweren Arbeit an Deck hebt er seine wunderschöne Braut in die Luft und wirbelt sie herum. Er setzt sie aber schnell wieder ab, denn der Rücken tut ihm weh. Lukas hat wohl zu oft das schwere Tauchboot gestemmt. Nun wird er erst einmal die Forschungsergebnisse auswerten und seinem Rücken etwas Ruhe gönnen.

Sie gehen ins Kino und dösen am Strand. Manchmal begleitet er Laura ins Fitnessstudio. Dann holt er sie nur noch dort ab.

Eines Sonntags beim Frühstück – Mohnbrötchen mit Honig und Omas Quittenmarmelade – kann er ihr kaum in die Augen schauen. »Es tut immer mehr weh in meinem Rücken, schon seit Stunden. Hast du eine Schmerztablette?«

Sie bringt ihm *Ibuprofen 200*. »Hast du deine Knöchel und Finger gesehen? Die wirken so geschwollen. Du läufst ganz steif. Geh zum Arzt!«

Es ist Sonntag. Er will es aufschieben, doch sie kutschiert ihn zum Bereitschaftsdienst. Das Warten auf den harten grauen Schalensitzen tut ihm weh. Nachts und morgens ist der Schmerz besonders stark. Bei der Untersuchung merkt er erst, wie schwer ihm manche Bewegungen fallen.

Die Ärztin schließt eine Überanstrengung oder frühen Verschleiß nicht völlig aus, sie hat aber eine rheumatische Erkrankung im Verdacht: *Spondylitis ankylosans – verbiegende Wirbelentzündung*, auch *Morbus Bechterew* genannt, eine Autoimmunkrankheit mit Beginn im jungen Erwachsenenalter. Für heute bekommt er *Cortison* und *Ibuprofen*, Lukas ist kein Notfall für die sofortige stationäre Aufnahme. Doch ab morgen soll die Hausärztin dem Verdacht nachgehen, mit allgemeinen und speziellen Bluttests wie *HLA-B27*, wahrscheinlich wird ein Kernspintomogramm gemacht.

Der Verdacht erhärtet sich, wenn auch nicht alle Symptome genau passen. Laura hat über Stunden *Dr. Google* beforscht. Sie sitzt blass und einsilbig vor dem Fernseher.

Die Wartezeit auf den ersten Termin beim ersten Orthopäden schleppt sich dahin. Sie ist nur ein Vorbote der nun folgenden jahrelangen Odyssee zwischen diversen Rheumatologen und Orthopäden. Mit manchen kommt Lukas nicht klar, in der Großpraxis wartet man ewig, einer geht in den Ruhestand, dann ziehen Lukas und Laura um und müssen von Neuem suchen. »Warten Sie hier.« – »Sie sind dran.« – »Der nächste Termin ist im Februar.«

Symptome und Therapien wechseln. Die Diagnose *Bechterew* wackelt, weil typische Puzzlesteine fehlen oder untypische dazukommen. Eine Zeit lang kombiniert Lukas *Ibuprofen*-Tabletten und Sport mit Eis und spritzt sich selbst *Methotrexat* unter die Bauchhaut. Dazwischen gibt es auch Physiotherapie, *Cortison*, *Sulfasalazin* und *Leflunomid*. Meist geht es ganz gut ohne Medikamente.

Dann kommt ein schwerer Schub mit Schmerzen, Warten auf den Arzttermin, Enttäuschung und neuer, stärkerer Medizin. Wochenlange Rekonvaleszenz. Er trainiert nun mehrmals pro Woche im Fitnessklub und macht krankengymnastische Übungen. Die Schmerzen schwinden, er setzt alle Tabletten ab. Nach dem nächsten *Bechterew*-Schub bleibt er doch bei einer kleinen Erhaltungsdosis.

Die körperliche Arbeit auf See schafft ihn total. Lukas muss praktische Aufgaben für seine Masterarbeit an Helfer abgeben. »Satteln Sie um«, rät die Hausärztin. Schweren Herzens findet er sich ab mit einer Zukunft im Labor und am Computer. Nachts weint er lautlos über diesen Verlust, sein Leben zerrinnt gerade in einer Krankheit.

Es dauert, bis er sich neu orientiert hat. Im rechten Moment wird eine Stelle am Schreibtisch für den frischgebackenen Wissenschaftler frei, die der Naturbursche früher belächelt hätte. Mit seiner Erfahrung auf dem Meer fällt er unter den blassen

Theoretikern schnell auf und erklimmt die ersten Stufen der Karriereleiter.

Laura ist nun Lehrerin für Englisch und Geografie, fachfremd gibt sie auch andere Fächer. Es lief nicht wie erhofft, dass der Lehrermangel die fertigen Referendarinnen elegant auf unbefristete Stellen und über kurz oder lang in die Verbeamtung spülen würde. Sie sind zu einem ganzen Trupp von Aushilfskräften degradiert worden, Vertretungslehrern, Springern, die mal eine Krankmeldung und mal eine Erziehungszeit überbrücken und dann ins nächste Kollegium der nächsten Schule abkommandiert werden.

Sie gehört nicht richtig zu den Lehrern und lernt die Schüler viel zu wenig kennen, vor allem die stillen. Auf die schwierigen kann sie nicht langfristig einwirken.

Die befristeten Verträge laufen vom Ende der Sommerferien bis zum Anfang der nächsten. Am ersten Tag danach melden sie sich zu elft bei der Arbeitsagentur arbeitslos. Darin hat sie inzwischen Routine, trotzdem gibt es ihr jedes Jahr einen kurzen Stich. So hatte sie sich ihren Beruf nicht vorgestellt. *Ich bin jemand, der vollkommen normal erscheint*, denkt Laura. *In Wahrheit bin ich die letzte Wahl, ein Putzlappen, den das Kul-*

tusministerium mal in diesen und mal in jenen Eimer tunkt.

Sie denkt an den Englischunterricht vom Morgen. Grammatik muss auch sein. Ein Mädchen schlenderte mittendrin zum Waschbecken in der vorderen Ecke, kämmte sich in aller Ruhe die Haare und zog den Lidstrich nach. Sie lachte in den Spiegel. Nicht provozieren lassen, ruhig reagieren. Morgen wird ihnen etwas anderes einfallen. Lehrer haben nicht viele Möglichkeiten. Noch weiß sie nicht, dass sie gleich einen Umschlag aus dem Briefkasten ziehen wird: Endlich hat sie eine feste Stelle, unbefristet.

Laura und Lukas schieben in Sektlaune Zettelchen mit Plänen über den Tisch. Heiraten steht ganz obenan. Arbeiten. Die Welt sehen. Zwei Kinder, ein Mädchen und ein Junge. Wenn sie eine Familientradition auf L gründen, dann vielleicht Lina und Leo. Ein Haus im Grünen oder die große Wohnung in der Stadt?

In den nächsten Jahren heiraten sie glanzvoll, gehen in der Arbeit auf und bereisen fünf Länder und neun Städte. Lukas spürt einen erträglichen Schmerz an der unteren Lendenwirbelsäule und am Kreuzbein, manchmal an der Schulter oder der Achillesferse.

Er kauft zwei schwarze Yogamatten, für zu Hause und für das Labor, das er inzwischen leitet. An manchen Tagen entrollt er sie in seinem Büro und streckt sich in der Mittagspause flach auf dem Boden aus.

Er spendiert der Teeküche eine Mikrowelle. Sein Arbeitsteam wärmt darin begeistert Nudeln oder Fertiggerichte, Lukas erhitzt darin sein schmerzlinderndes Kirschkernkissen. Im Laborkühlschrank liegen seine Eispacks, er benötigt sie nicht oft.

Sie staunen, wie einig sie sind, dass genau jetzt der Zeitpunkt für Kinder gekommen sei.

»Sag ja, mein Morgenstern.«

»Ja, du Süßholzraspler.«

Laura setzt die Pille ab und wählt unter den Fruchtbarkeitsapps diejenige aus, die den Eisprung mit einem bebenden rosa Herzchen anzeigt. Das Handy liegt viel auf ihrem Nachttisch. Die Frauenärztin erzählt ihr, dass auch unter völlig gesunden Paaren dreißig Prozent länger als ein Jahr brauchen, bis der Schwangerschaftstest positiv ausfällt. Bei Stress dauert es oft länger, also: »Schalten Sie einen Gang runter.« Sie untersucht Laura und ihr Blut und regt an, dass Lukas den Kinderwunsch mit seinem Rheumatologen oder einem Urologen besprechen sollte. Kinderwunsch und rheumatische Krankheiten bräuchten eine gute Planung, manche Medikamente seien auch bei Männern schädlich für die Zahl und Beweglichkeit der Spermien oder für das Kind.

Das Erste, was sie braucht, ist eine Stunde für sie selbst. Noch bevor sie heimfährt, trinkt sie ganz hinten im Café eine große Apfelschorle und befragt *Wikipedia*, einige Fachartikel und viele Blogs von Betroffenen. Blau glänzt ihr Gesicht vor dem Display. *Ibu* hat sie immer für harmlos gehalten, nun wird sie von Schlagzeilen angesprungen: *Ibuprofen am Pranger – Macht Ibuprofen Töchter unfruchtbar?* Es gibt wohl einen Anfangsverdacht, französische Forscher haben an abgetriebenen Föten die Entwicklung der Eierstöcke im Reagenzglas verfolgt. Hatten die Frauen vor der Abtreibung *Ibuprofen* gegen Schmerzen bekommen, häuften sich negative Effekte. Was das für lebendige Menschen bedeutet, würde man erst in vielen Jahren wissen.

Bei Männern sinkt unter *Ibuprofen* die Spermienzahl, ein Toxikologe aus Hamburg-Eppendorf rät vom Gebrauch über längere Zeit ab.

Wenn die Mutter *Paracetamol* nimmt, könnte der Sohn Hodenhochstand bekommen.

Männer mit Kinderwunsch sollten *Sulfasalazin* absetzen: Zwar schade es nicht dem Kind, doch brauchten die verminderten und schlechter beweglichen Spermien eine Erholungszeit, erst nach drei Monaten seien sie wieder fit.

Laura schwindelt, sie stürzt die Apfelschorle hinunter und verschluckt sich. Sie atmet langsamer und wagt sie sich an die Einträge zu *Methotrexat*, das Lukas schon so oft gespritzt hat. *MTX ist teratogen*, liest sie. Deutliche keimschädigende Wirkung am Schädel und den Gliedmaßen, wenn die werdende Mutter es nimmt. Sie sucht, was passiert, wenn Männer *Methotrexat* anwenden, und wird nicht recht fündig. Die Spermienzahlen sind in den Untersuchungen wohl unverändert. Aber doch: Ein theoretisches Risiko für eine Veränderung des Keimmaterials besteht. Es gibt wohl wenig Forschung, zumindest findet sie in ihrem Smartphone keine Erleichterung. Männer sollen vor der Zeugung ihres Kindes eine Auswaschphase ohne *MTX* einhalten, da steht etwas von vier Monaten. Die *Spermiogenese*, also die Entwicklung bis zur befruchtungsreifen Samenzelle, dauert 74 Tage. Nach der letzten Spritze vier Monate Kondom, damit nur blitzsaubere Spermien auf das Ei treffen.

Wie lange ist es bei Lukas her? Nachträglich beißt sie schockiert auf ihre Lippen. Vorhin hätte sie bei einem positiven Schwangerschaftstest gejubelt. Nun ist sie froh über das Negativergebnis. Monatelang hätte sie sich geängstigt.

Es kostet sie Überwindung, Lukas die Kurzfassung des Nachmittags zu servieren: den Besuch bei der Gynäkologin und den Rat, sich auch untersuchen zu lassen, außerdem die vagen Erkenntnisse zu Medikamenten.

Lukas ist Wissenschaftler, gut in Statistik, er sieht das nüchterner. Derzeit nimmt er sowieso nichts. Er lässt sich Termine geben, berät alles genau. Die Spermienzahl ist unterdurchschnittlich, sie sind etwas lahm.

Die Sprache kommt auf das Einfrieren von Samenzellen, um für die Zukunft gerüstet zu sein, wer weiß, was noch kommt. Eigene Kinder sind ein kostbares Geschenk. Männer wollen ihre Gene streuen, das ist ihr evolutionärer Auftrag. Klappt nicht immer, aber wenn man etwas dafür tun kann … Solche Gedanken überfallen Lukas unerwartet. Bisher ging es bei seiner Krankheit nur um ihn, nun um seine künftige Familie. Er braucht Bedenkzeit. Trotz der Kosten für die Kryokonservierung gefällt ihm das Angebot sehr.

Auch Lauras Befunde sind gut – mit kleinen Einschränkungen: nur eine Ovulatationsschwäche. Den

Eisprung kann man mit *Clomifen* und *Gonadotropin* stimulieren. Seit 30 Jahren hunderttausendfach erprobt, wenn auch mit dem Risiko von Mehrlingsschwangerschaften. Alles wird ihr genau erklärt. In ihrer Frauenarztpraxis ist diese Behandlung sehr zeitaufwendig, bei den vielen Patientinnen.

Trotzdem klappt es nicht, sie bekommt einen Vorstellungstermin im Kinderwunschzentrum. Zu zweit. Kurz nach Weihnachten. Es reicht nicht mehr, auf die natürlichen Vorgänge im Körper zu vertrauen.

Lukas macht länger Pause als erforderlich. Laura erholt sich und setzt auf Moorpackungen wie zu Goethes Zeiten. Sie kauft das teuerste Fertigmoor in der Apotheke und entspannt sich lange in der moorbraunen Badewanne. Die Hitze kriecht in ihren Unterleib. Laura stellt sich vor, wie die Moorpampe ihr Fulvin- und Ulminsäuren unter ihre Haut schleust; wie sie ihr Werk tun, den Östrogenspiegel steigern, den hinderlichen Prolaktinpegel herunterregeln: damit der beste Eisprung folgt und das Babybett bereitet ist. Insgeheim denkt sie, dass ein Kurschatten im mondänen Marienbad vor 200 Jahren mehr für den Familienzuwachs geleistet haben mag als alles Moor in der einsamen Badewanne.

Dann vögeln sie los – an sämtlichen fruchtbaren Tagen und auf Geheiß der Kinderwunschpraxis. Trotzdem macht es Spaß. Zu Anfang noch. Sie verträgt die Therapien gut, sie brauchen einfach Zeit.

Über dem Empfangstresen hängen die Trophäen der Kindermacher, bestimmt 50 Fotos, Geburtsanzeigen und Dankesbriefe. Das vierte Kind von links in der zweiten Reihe gefällt ihr am besten. Es ist nicht so dünn und knittrig wie die Neugeborenen, hat dabei zarte braune Haare und schaut noch nicht so siegesgewiss wie die Einjährigen, die sich am Sofatisch entlanghangeln. Das vierte Kind von links lächelt, ohne zu grinsen. Sie möchte an ihm riechen und es an die Brust drücken. Seine Ärmchen streicheln. Laura bekommt Gänsehaut.

Die Behandlungen wandeln sich. Laura muss öfter hin als Lukas. Sie kauft sich teure Unterwäsche, einen Traum aus taubenblauer Spitze. Auch rote Push-up-BHs helfen ein bisschen. Zwischendurch brauchen sie einige Monate Pause.

Der Spätherbst kommt. Sie fährt am liebsten im frühen Morgenlicht, wenn Bäume und Himmel grau dösen und die Straße mild im Tau glänzt. Sie wird einer Spezialsprechstunde und einem separaten Wartezimmer zugeteilt. *Jetzt habe ich den Stempel, den ich nie wollte*, denkt sie. Immer wollte sie normal sein. Nun ist sie speziell. Lukas auch?

Die Jalousien filetieren das Licht im Wartezimmer mit den ziegelroten Ledersesseln. Die Wartezeiten sind länger, sie trifft oft dieselben Paare. Hier lacht niemand mehr. Vor der Behandlung schauen sie neutral, die Männer sprechen über Fußball. Hinterher strahlen einige und andere wenden sich schnell zum Gehen. Einmal kann Laura mit Taschentüchern aushelfen. Andreas und Steffi verabschieden sich, sie wollen es nun mit einer Adoption versuchen. Volker und Neelie kaufen sich demnächst zwei Windhunde für ihren großen Garten und die Stille ringsum. Die Frau mit den kurzen Locken durchbricht die Diskretion und schreit, schreit: »Was haben wir denn noch zusammen? Wir reden nicht miteinander. Ich will nicht mir dir reden, mit solchen Typen wie dir.« Die Psychologin holt sie ab.

Laura denkt nur noch: *Wird der Schwangerschaftstest positiv?*

Die Katastrophe kommt aus einer unerwarteten Ecke. Weihnachten steht vor der Tür, das große Festmahl bei ihren Eltern in der Kleinstadt auf dem

Land. Es gibt immer Würstchen und Kartoffelsalat, dann die Kirche, dann Bescherung, am ersten Feiertag das riesige Frühstück und die Gans mit Äpfeln und Rotkraut und Klößen. Sie sind zu siebt – die Eltern, Laura und Lukas, Corinna und Birol, die erst im September geheiratet haben, und das Nesthäkchen Clara. Die Weihnachtsgeschenke werden bestaunt.

Da säuselt Corinna: »Von uns bekommt ihr ein Enkelkind. Birol und ich werden Eltern.«

Laura wird schlecht. Lukas hilft ihr aufs Klo. Sie reisen sofort ab und nehmen kein Essen für zu Hause mit.

Neujahr wird traurig. Corinna hat sofort geschafft, was die große Schwester Laura seit Langem probiert. Sie will sie nicht wiedersehen, auf keinen Fall mit den strahlenden Großeltern in spe. Nie wieder kann sie Weihnachten im Elternhaus verbringen, mit irgendeinem Eiapopeia für die wachsende Enkelschar.

Erst am siebten Januar geht sie wieder vor die Tür.

Das blaue Eis der Dämmerung führt sie dreißig Kilometer zu ihrer Schule. Sie hat Routine und hält guten Unterricht. Zum Glück gibt sie nicht *Werte und Normen*. Der Kollege unterrichtet das in der

Zehn und quält sich in der großen Pause, wie er den Schülern Immanuel Kant nahebringen kann. Der krumme kleine Philosoph lässt sich im Bild gut zeigen, der *Kategorische Imperativ* perlt dem Lehrer leicht von den Lippen, doch heute sind die vier Fragen dran: *Was kann ich wissen? Was soll ich tun? Was darf ich hoffen? Was ist der Mensch?* Darüber soll er mit Jugendlichen zweimal 45 Minuten diskutieren, er wählt den leichten Weg über Gruppenarbeit. *Was kann ich hoffen?*, hallt das Echo in Lauras Kopf. *Kann ich mehr erhoffen als ein Kind? Kann ich auf Lukas hoffen oder auf eine neue Eingebung, die meinem Leben Sinn gibt?*

Beim Zähneputzen schaut sie konzentriert ins Waschbecken. Sie bürstet sich wie blind die Haare. Der Spiegel verursacht ihr Magenschmerzen, spiegelt morgens, mittags, abends ihr unglückliches Gesicht. Da ist kein Fortschritt. Sie denkt an Sagen vom starken Verlangen, in denen sich ein Mann in einen Werwolf verwandelt. Und an eine düstere Kurzgeschichte von E. Annie Proulx: Da erblickt der Angler sein Spiegelbild in der Whiskeyflasche als Werforelle. Wenn sie zum Badezimmer- schränkchen aufblickt, wird sie sicher zur Wer- schwangeren.

Im Feuilleton der dicken Feiertagszeitung liest sie von einer Kinderwunschmesse in Berlin. Die ist anders als die üblichen Aufklärungsmessen, hier geht es um Verfahren, die in Deutschland verboten sind. Es werden Adressen genannt. Eizellspende in Spanien, Tschechien und Israel, Kliniken für Reproduktionsmedizin in Dänemark und Schottland, Präimplantationsdiagnostik für viele Fälle, Leihmütter in der Ukraine und auf den verschiedenen Kontinenten, dazwischen auch *Designerbabys* nach Geschlecht und Augenfarbe. Hilfe und Geschäft treffen sich auf engstem Raum. Sie notiert sich den Termin der Messe. Inzwischen verachtet sie die deutschen Gesetze. Sie braucht diese Bevormundung nicht.

Trotz termingerechter Bemühungen sind Lukas und Laura nach eineinhalb Jahren nicht schwanger. Inzwischen kennen sie viele Paare aus dem Kinderwunschzentrum. Mit den Männern will Laura sich nicht unterhalten, die wirken oft sehr verletzt mit ihren schwachen Spermien und wahrscheinlich schlappen Schwänzen, nach all dem Sex auf Termin. Die Frauen kommen leichter ins Gespräch. Oft geht es um finanzielle Schwierigkeiten, weil die drei In-Vitro-Behandlungszyklen mit Unterstützung der Krankenkasse erfolglos waren und jeder weitere Zyklus privat zu zahlen ist. Eine will allen Möglichkeiten und jedem medizinischen Fortschritt hinterherhecheln, aber sie hat schon 30.000 Euro Schulden und Kummer in der Eheberatung.

Da ist auch die Frau, die eingefrorenes Sperma ihres leukämiekranken Mannes erhält und mit 35 ein Kind von ihm bekommen wird, obwohl er auf der Isolierstation unter einem Plastikzelt liegt. Eine schöne zarte Tochter bekommt sie, Laura freut sich über das Foto.

Auf dem Flur trifft sie Sarina, die früher auch bei den Kindermachern saß. Nun ist sie auf der *Gyn* und soll eigentlich immer liegen, nur braucht sie gerade eine Blumenvase. Bei Sarina krönt Erfolg die Bemühungen der Kinderwunschambulanz, sie wurde mit Drillingen schwanger. Drei kleine pumpende Herzen brachten das Leben der gesamten Großfamilie aus den Fugen. Unendlich viele Dinge waren zu organisieren. Die Schwiegermutter studierte schon im Internet die Seiten der Selbsthilfevereinigung *ABC-Club*. Dann eine leichte Blutung … und nur noch der Herzschlag von zweien war zu sehen. »Das kommt in den ersten Wochen häufig vor«, sagte der Frauenarzt, »dass ein Kind verloren geht. Auch bei Einlingsschwangerschaften. Oft wissen die Eltern gar nichts von der Empfängnis. Deshalb raten wir, die Schwangerschaft nicht vor Ende des dritten Monats bekannt zu geben.« Für die beiden überlebenden Föten hätten sich die Chancen nun verbessert, reif und mit ordentlichem Gewicht zur Welt zu kommen, vielleicht sogar ohne Kaiserschnitt.

Laura sitzt mit Sarina am quadratischen Resopaltisch in der hintersten Ecke des Flurs und weint mit ihr. Sarina wusste schon Namen für die Kinder: Mia, Emma und Charlotte – David, Max und Jannis. Zwei Namen muss sie nun aussortieren, aber welche? Es wäre furchtbar hart geworden mit Drillingen, aber was geschieht nun mit dem toten Kind? Wird es von ihrem Gewebe aufgesaugt? *Sternenkind* sagt die Hebamme dazu.

Sarina erzählt von ihrem Probebesuch auf der Frühchenstation und zwei hauchzarten Drillingen im Wärmebett, einer im Brutkasten. Die Mutter hatte bei der ersten Behandlung sofort einen Sohn bekommen und bei der zweiten kurz nach dem ersten Geburtstag des Jungen Drillinge empfangen. Den Partner habe sie sagen gehört: »Ich kann das nicht.« So solle ihr der eigene Hans-Jürgen bloß nicht kommen. Eine liebe Verwandte sagte: »Niemand muss Drillinge bekommen.« Der Kleinste sei schwach und immer an Apparaten. Die Mutter sei nervös und blass, schlaflos und ungeduldig mit dem Erstgeborenen, aber glücklich. Mit dem Mann könne sie es aber sicher nicht lange aushalten, der beklage sich nur, wo er bei vier Kindern bleibe.

Laura beneidet diese Frau.

Lukas plant die Exkursionen seiner Forschungsgruppe. Gesundheitlich geht es ihm gut genug, er wird sich körperlich nicht strapazieren. Das Institut sagt die Finanzierung zu, die Gelder sitzen mit der fortschreitenden Klimadiskussion lockerer, die Uni schickt hoffnungsfrohe Studentinnen der Meeresbiologie und einen Meteorologen ins Team. Alles klappt wie geplant: Am zwanzigsten Dezember brechen sie in die Antarktis auf. Laura darf mit, weil sie einen Hilfsjob beim *Krillbestimmen* ergattert. Zu Weihnachten feiern sie in großer Runde mit Punsch und Gulasch auf dem Forschungsschiff.

In der Schule kann sie viel erzählen, Kollegen beneiden sie, die Kinder staunen. Sie nimmt die Fahrten in die Spezialsprechstunde wieder auf und schleift Lukas mit, der manchmal mosert. Seine Versuchsreihen leiden, wenn er öfters Freistunden braucht.

Abrupt enden die Besuche im Kinderwunschzentrum. Drei Behandlungszyklen sind vorbei, jeden weiteren müssten Lukas und seine Frau voll zahlen. Doch das ist es nicht: Laura ist schwanger! Sie denkt an Sarina und die ersten drei Monate mit der Abortgefahr, sie sagt Lukas noch nichts. Sie ruft bei den Eltern nicht mehr an und erst recht nicht bei Corinna, Birol und ihrer kleinen Aishe. Das Geheimnis teilen die Frauenärztin und sie, bis Laura fast platzt.

Nach der Schule setzt sie sich auf das grüne Sofa und vergrößert auf dem Smartphone Lukas' Profilbild. Sie sieht seine grauen Augen, die hohen Geheimratsecken, den spitzen Adamsapfel. Sie liebt ihn. Alles wird gut. Was er wohl gerade macht? Sie hat gelernt, dass man ihn nicht in Besprechungen und bei Laborversuchen stören darf. Deshalb schreibt sie: *Ruf an!*

Sofort meldet er sich, keucht: »Was ist denn los?«

So teilt sie mit ihm ihr Glück.

Zu Weihnachten ist sie mit Lukas doch wieder bei den Eltern. Sie kann alle umarmen, auch ihre jüngere Schwester Corinna. Die kleine Aishe hebt sie nicht hoch, aber sie hat ihr pädagogisch wertvolle Bauklötze mitgebracht. Lauras Baby Jannis schläft die ganze Zeit in seinem Körbchen, es ist erst zehn Tage alt.

Nach den Würstchen mit Kartoffelsalat gehen die Männer zur Kirche, um sich von den Babygesprächen zu erholen. Laura blättert durch die steinalte Schallplattensammlung ihrer Mutter, legt Bachs *Weihnachtsoratorium* auf und schließt die Wohnzimmertür. »Jauchzet, frohlocket, auf, preiset die Tage«, jubelt der Chor, »lasset das Zagen, verbannet die Klage, stimmet voll Jauchzen und Fröhlichkeit an.« Und der Evangelist singt: »Und sie gebar ihren ersten Sohn.« Laura sucht weiter. Bei Händel schmilzt sie dahin, es ist der alte Text aus *Jesaja 9*, den sie auch gerade in der Kirche hören, aber nirgendwo donnern die Worte so mächtig wie in ihrem Herzen: »For unto us a child is born, unto us a son is given; and the government shall be upon his shoulder; and his name shall be called Wonderful, Counseller, The mighty God, The everlasting Father, The Prince of Peace.«

Luftnot 1

Maikäfer flieg

Als junge Ärztin kam ich nach Niedersachsen und staunte: Hier traf ich erstmals auf Familien, die das grausame 20. Jahrhundert verschont hatte. Zu ihnen gehörten die Frehlmanns aus dem Artland.

Nicht weit entfernt wohnten tief katholische Familien, in denen nach den hygienischen Reformen des 19. Jahrhunderts acht oder vierzehn Kinder überlebten. Die Mutter einer entfernten Nachbarin gebar im Oldenburger Münsterland 22 Töchter und Söhne. Einige davon starben früh.

Doch Frehlmanns hatten schon seit Langem wenige Kinder und mussten den Hof nie teilen. Nach alter Artländer Sitte erbte das jüngste Kind, später folgte der Erbgang der amtlichen Höfeordnung. Frehlmanns saßen seit Jahrhunderten als Vollerben auf ihrem großen Anwesen und hatten immer einen Stammhalter oder eine Tochter gezeugt, deren Mann den Familiennamen übernahm. Einige Nachkommen wanderten über die Jahrzehnte nach Amerika aus, doch fuhren sie nie aus dieser tiefen Not heraus, wie die armen Heuerleute aus den Bauernschaften dieses Landstrichs, die sich am Haus *New York* zu Gruppen sammelten, 150 Kilometer zu Fuß nach Bremerhaven wanderten und im Zwischendeck die Seekrankheit durchlitten, wenn nicht Schlimmeres.

Bauer Frehlmann besaß einen prächtigen Fachwerkhof, seit Generationen immer gut gepflegt und modernisiert. Sie zeigten ihren Reichtum mit viel Holz im Giebel, wie es im 18. Jahrhundert üblich war. Geschnitzt und ausgemalt stand auf den dicken Balken:

Dies Haus ist mein und doch nicht mein.
Der vor mir dachte auch, 's wär sein.
Beim Nächsten wird es auch so sein.
Dem Dritten wird es übergeben,
der Vierte wird nicht ewig leben.
Den Fünften trägt man auch hinaus.
Nun frag ich: Wem gehört dies Haus?

Im Landesarchiv gab es zur Hofstelle wohl Urkunden in abgekürztem Latein und schwer lesbarem Niederdeutsch seit den Tagen Karls des Großen. Immer war von Generation zu Generation zugebaut worden: das große niedersächsische Hallenhaus, Backhaus, Kornspeicher, Altenteil und Remisen. War das Wetter günstig oder wurde die Landwirtschaft besonders gefördert, kam eine große Getreidescheune mit den Namen der Erbauer dazu wie 1760, ein heuwagengroßes Einfahrtstor oder der Schweinestall mit der Jahreszahl 1937 über dem Tor. Gute Fachwerkbauten umschlossen wie eine Burg den *Vaohlt*, den schön gepflasterten Innenhof, davor wuchsen mächtige Eichen. Seit alten Zeiten schützten sie vor Blitz und Sturm, die Eicheln machten die Schweine fett. Nur zum Bauen oder in schweren Zeiten fällten Frehlmanns ihre Eichen. Die jungen Leute sahen prall und kräftig aus und standen fest auf der Erde, im Selbstbewusstsein ihres alten Bauernadels.

Von den Frehlmanns war keiner in den Blutmühlen der Weltkriege umgekommen, nicht im ersten und nicht im zweiten, keiner war in Russland oder Tobruk gefallen, im Bombenhagel verbrannt oder zu Tode vergewaltigt worden. Wohl waren einige von ihnen mit Hurra oder unter Tränen in den Krieg gezogen und in Belgien und Frankreich, in Polen und Russland einmarschiert, doch sie hatten die Heimat wieder erreicht und wurzelten stolz in ihrem angestammten Boden.

Ganz anders war es da Käthe Grusiak ergangen, die an der Hand der Mutter aus Königsberg auf Frehlmanns Hof in Niedersachsen kam. Sie stammte aus einer dieser Familien, die alles verloren hatten: die Liebsten und den Besitz und die Heimat. Die trugen ganz andere Geschichten als Familie Frehlmann in ihren Herzen und erzählten sie erst nach Jahrzehnten den Kindern, trugen die Wunden weiter. Im nächsten Jahrtausend noch liegt auf diesen Familien, inzwischen versteckt, der Stempel der Entwurzelung. Käthe sang das Lied aus *Des Knaben Wunderhorn*, das vielleicht schon Kinder im Dreißigjährigen Krieg kannten:

Maikäfer, flieg!
Der Vater ist im Krieg.
Die Mutter ist im Pommerland,
Pommerland ist abgebrannt.
Maikäfer, flieg!

Sie summte auch schon das *Ännchen von Tharau*.

Käthe war sieben und bereits weit gelaufen. Mutti weinte viel um ihre Kleinen Jürgen und Inge, der eine ertrunken, die andere erfroren auf der Flucht im eiskalten Januar 1945: Königsberg, Pillau, kein Schiff, zurück in die schwer zerbombte *Festung Königsberg* mit der Sowjetarmee vor den Toren, wieder Pillau, Gotenhafen, Sassnitz, dann endlich per Bahn nach Friedland und weiter gen Westen. Vielleicht würde Vati sie sogar in diesem Dorf zwischen Bremen und Osnabrück finden.

Vielleicht war er nur in Gefangenschaft. Der Suchdienst des *Roten Kreuzes* wälzte die Karteien und suchte lange weiter. Mutti hatte ein Bündelchen Feldpostbriefe, in denen nicht viel stand, zuerst die schnellen Siege, dann nur noch das warme oder kalte Wetter, der Dank für die Post und die Wollsocken. Von den Taten des Krieges nichts, von den langen Niederlagen kein Wort. Im letzten schrieb er, er träume schlecht. Nie wieder hörte Käthe von ihrem Vati Joachim.

Von den Verwandten aus Berlin, Breslau oder Danzig gab es überhaupt keine Nachricht. Mutti suchte nach Verwandten aus Orten, die erst zur britischen Besatzungszone, dann zu Westdeutschland gehörten. Sie stieß auf Tote. Der alte Onkel Hans und Tante Martha waren bei der *Operation Gomorrha* im Feuersturm verschmort, als Tausende Bomberpiloten der *Royal Air Force* und *United States Army Air Forces* im Juli 1943 tagelang Hamburg in Schutt und Asche legten. 34.000 Tote! Die Menschen hätten von den Phosphorbomben gebrannt, erzählten die Leute. Panisch seien sie in die Fleete gesprungen und hätten beim Auftauchen weitergebrannt. Eine ferne Cousine war kurz vorher mit den Kindern in der Flutwelle ertrunken, als raffinierte britische Rollbomben die Möhnetalsperre sprengten.

Käthe und Mutti konnten nirgendwo anders hin. Sie waren allein. Diese Familie hatte schwer zu tragen am Jahrhundert der Schuld und Strafe.

Der Krieg und die Schrecken der Nachkriegszeit pumpten Flüchtlinge nach Norddeutschland, die hatten es dort nicht leicht. Viele hatten es richtig schwer. Die beiden Grusiaks aus Königsberg bekamen eine Kammer neben dem Stall. Mutti mit den zarten weißen Klavierfingern lernte melken, misten und mähen. Ihre Hände wurden grob, die Haare strohig, aber immerhin gab es beim Bauern und bei der *Schwedenspeisung* in der Schule genug zu essen. Käthe lernte Milchsuppe kennen, Pellkartoffeln mit Quark und Leinöl, *Arme Ritter*, Grießbrei mit ein wenig Butter, Zucker, manchmal Zimt und einem Eigelb, »damit er nicht so weiß aussieht«.

Für vieles hatte Mutti kein Geld, doch sie konnte gut und lange arbeiten. Das Wort *Barmherzigkeit* öffnete das Herz mancher Bauern, auch wenn sie unter den Einquartierungen stöhnten. Manchmal ergatterte sie eine Speckseite. Hätte Mutti nach *Gerechtigkeit* gefragt, wäre sie vom Hof gejagt worden.

Zwei Winter lang war es sehr kalt. Sie hörten von *displaced persons*, die verhungerten und erfroren.

Die Dorfkinder quälten Käthe und die vielen anderen Flüchtlingskinder. Sie beschimpften sie als *Parasiten*, wie ihre Eltern das wohl vorschimpften. Die beiden Gruppen prügelten sich nach der Schule. Mit der Dorfjugend wurde es jahrelang und selbst nach zehn Jahren nicht viel leichter. Hinrich und Jan, die beiden Söhne der Frehlmanns, sah Käthe nur noch von Weitem.

Mutti fand wieder einen Mann, *Papi Franz*, wie sie ihn an guten Tagen nannte, und Arbeit in der Fabrik, die ein Heimatvertriebener aus Oberschlesien aufbaute. Sie mieteten eine gemütliche Wohnung in einem dieser Nachkriegshäuser mit den papierdünnen Wänden und der Gemeinschaftstoilette auf halber Treppe. Es roch nach Kohlrouladen oder Bauernfrühstück. Auf den Stufen vor dem Haus lümmelten die größeren Jungs und klauten den Mädchen die bunten Liebesperlen aus Zucker.

Schmale goldene Ringe

Käthe lernte Schneiderin. Mutti und Papi Franz warnten sie vor den Gefahren des Schützenfestes, des wichtigsten Tages im Dorf. Ihr strohblonder

Bubikopf über dem selbst genähten Kleid aus Streifenstoff mit Nylonschärpe leuchtete im Halbdunkel vor dem Festzelt. Hinrich Frehlmann lud sie auf ein Bier ein, sie wusste nicht, wie sie dazu *Nein* sagen könnte. Er bat sie um einen Tanz und noch einen. Da war's um sie geschehen.

Bei der Verlobung wurde noch getuschelt von *Flüchtlingskind* und *Schande*, doch die schlimmsten Zeiten waren vorbei. Nach der Tradition war diese Verbindung ja nicht, nein überhaupt nicht! Hektar heiratet Hektar, möglichst neben den eigenen Äckern gelegen, so ging das. Aber so ein Mädchen ohne Geld zu heiraten, auch wenn ihre blauen Augen strahlten und der Hinrich wie verzaubert lächelte ... nein. Die Großbauerneltern Frehlmann mussten heftig schlucken, waren mit der lieben Käthe dann aber doch einverstanden.

Zur Hochzeit war die Kirche voll und die Kutsche wunderbar geschmückt. Alle drängelten sich, die schmalen Goldreifen an den Ringfingern zu bestaunen. Auf dem Saal tanzten und feierten sie bis fünf Uhr früh. Da hatten sich Käthe und Hinrich schon lange hinausgeschlichen.

Die Ställe füllten sich wieder mit Tieren, die Traktoren wurden stärker, das Saatgut und die Chemie immer besser. Im Laden gab es nun Fenchel und Basilikum zu kaufen, doch Käthe griff nicht danach.

Hinrich und Käthe Frehlmann waren gut zueinander und bekamen drei Kinder. Die wurden im *Evangelischen Krankenhaus Quakenbrück* geboren – Käthe wäre ja auch in keines der katholischen Häuser ringsum gegangen. Im *Evangelischen* wirkten die Diakonissen und diakonischen Schwestern aus Lötzen in Masuren, die auch eine schlimme Flucht aus Ostpreußen hinter sich hatten: über 200 ältere und jüngere Frauen, die sich in Liebe zu Jesus dem Leben in der Gemeinschaft, der Pflege und Erziehung der Jugend hingaben, ein Ableger des Königsberger Mutterhauses. Einige sprachen den *eijentiemlichen* Dialekt und pflegten die Erinnerung an die *Hejmat*. In den Kasernen des zerbombten Flughafens aus den 20er-, 30er-Jahren hatten sie voller Tatkraft mit bloßen Händen an der Lötzener Straße ihr neues *Mutterhaus Bethanien* aufgebaut. Auf diesem Fliegerhorst waren Flugzeugführer ausgebildet worden, Kampf- und Bomberverbände gestartet, Nachtjäger aufgestiegen, in der Reparaturwerft kaputte Maschinen repariert worden und er war über die Jahre ein Ziel feindlicher Bomber gewesen. Am 11. April 1945 besetzten englische Truppen den Horst, dann bis 1947 polnische Verbände.

Die ostpreußischen Schwestern hatten zwischen Ruinen Kartoffeln angepflanzt, Schafe gehalten, Kranke gepflegt, bei Operationen assistiert, Binden gewickelt, Spritzen sterilisiert, krumme Stahlkanülen gereinigt und gerade geklopft, nachts am Krankenbett gewacht. Sie hatten Einrichtungen für Kinder und einen vielfältigen Pflegenachwuchs geschaffen, schließlich ein Altenheim. Dann wurden diese tapferen Frauen im diakonischen Dienst selbst alt und die weißen Hauben im Stadtbild seltener. Auf dem Evangelischen Friedhof reihten sich die schlichten kleinen Gräber von Jahr zu Jahr länger.

Bei den Diakonissen fühlte sich Käthe Frehlmann wohl und erwähnte nebenbei Erinnerungen ans *Frische Haff*, die Burgen und stillen Seen ihrer frühen Kindheit. Hier lachte keiner über den Dialekt oder die nagende Lücke.

Lungenfibrose

Mit 46 Jahren wurde Käthe die Luft knapp. Schon länger fiel ihr die Arbeit schwer. Jetzt scheute sie den Gang über die Felder, schließlich die Treppe. Sie japste vor Atemnot bei kleinen Anstrengungen, beim Anziehen, beim Stuhlgang. Die Diagnose lautete *Lungenfibrose*: Das weiche Gebälk zwischen den Lungenbläschen verhärtete sich und Bindegewebe wuchs rund um die zarten Blutgefäße, die den Sauerstoff aus der Luft aufnehmen sollen. Die Lunge wurde steif. Jeder Atemzug kostete Kraft, der gesamte Körper bekam zu wenig Sauerstoff, die rechte Herzkammer pumpte zusehends schwächer. Die Ursache blieb ungewiss, vielleicht der Heustaub, vielleicht auch nicht. Die Ärzte fragten nach Asbestfasern und Quarzteilchen, es blieb unklar. Käthe bekam Angst vor Vererbung. Der Lungenfacharzt beruhigte sie mit Blick auf ihre Kinder. Er sagte noch nicht, wie schwer krank sie selbst nach einigen Jahren sein würde, dass sie starke Medikamente und schließlich Sauerstoff brauchen und trotzdem früh sterben würde.

Käthe Frehlmann saß nun fest in ihrer kleinen Wohnung auf dem großen Hof, den der Sohn Hubertus und die Schwiegertochter führten. Sie konnte kaum mehr aus dem Haus, kaum mehr aus den zwei behaglichen Zimmern im ersten Stock. In großen Abständen ging sie zum Lungenarzt oder ins Christliche Krankenhaus, den modernen Klinkerbau am Rand der Kleinstadt Quakenbrück. Die Fusion des Evangelischen mit dem Katholischen Krankenhaus wurde als Pioniertat bejubelt. Wenn

sie Glück hatte, traf sie dort auf die letzten Diakonissen aus Lötzen.

Als der *Eiserne Vorhang* fiel, wäre Käthe Frehlmann so gerne nach Königsberg gefahren, hätte
nach dem Haus der Familie Grusiak und dem Park
und der Schule gesucht. Gisela, die nichts mit Ver-
triebenenverbänden, Nostalgie und *alter Heimat* zu
tun haben wollte, war schließlich bereit, anstelle
ihrer Mutter mit dem Fernbus über so viele Stunden nach Kaliningrad zu reisen. Ihr Auftrag war,
nach den Spuren der Familie zu suchen und zu be-
richten. Die Kornfelder, die Lupinenäcker, die
Störche aus den Erzählungen ihrer Mutter sah sie
unterwegs, doch an Familie Grusiak erinnerte kein
Haus und kein Garten. Alles, was Gisela fand, war
der ausgebrannte Königsberger Dom ohne Dach
und ein Kanaldeckel mit Königsberger Inschrift.
Das war alles.

Als ich Käthe Frehlmann kennenlernte, plante ich
die Eröffnung meiner eigenen Praxis in der Nach-
barstadt. Im Notdienst wurde ich von der Tochter
gerufen, die Mutter sei seit Stunden verwirrt und
inzwischen ohne Bewusstsein.

Sie lag stöhnend und mit blauen Lippen im
Ehebett im ersten Stock. Hinrichs Seite, seit Jahren

verwaist, war sauber mit rot karierter Bettwäsche bezogen. Auf dicken Kissen war ihr Oberkörper schon hochgelagert. Das Sauerstoffgerät rauschte auf höchster Stufe, das ganze Zimmer roch nach Sauerstoff. Beine und Bauch waren dick, Atmung und Herzschlag schnell, die Lunge rasselte. Die Verschlechterung hatte sich schnell entwickelt, also bestand Hoffnung, dass sich Käthe Frehlmanns Zustand wieder bessern könnte. Wir versuchten es mit Antibiotika und anderen Spritzen.

Nach drei Stunden kam ich wieder, es ging ihr nicht besser. Mit Blaulicht und Martinshorn sollte der Rettungswagen nicht heranpreschen, wünschte der Schwiegersohn, wegen der Nachbarn.

Im Krankenhaus erholte Käthe sich im Laufe von drei Wochen von der Lungenentzündung, die sich auf ihre Lungenfibrose aufgepfropft hatte. Herz- und Lungenschwäche blieben natürlich ihr Schicksal, davon würde sie nie wieder freikommen.

Drei kräftige Sanitäter schleppten ihren schweren Körper die Treppe hinauf. Oben angelangt, war sie guter Dinge und lief wenige Schritte durch die kleine Wohnstube, bevor sie sich halbsitzend ins Bett zurückzog. Abwechselnd wieselten die Kinder, Schwiegerkinder und Enkel um Käthe und lasen ihr die Wünsche von den Lippen ab.

Weil ich nahe wohnte, notfalls schnell bei ihr sein konnte und wir einander mochten, wählte sie mich als Hausärztin bis zum letzten Atemzug. Wenn ich allein auf dem Holzstuhl neben ihrem Bett saß oder an sehr guten Tagen auf dem Sofa in ihrem Wohnzimmer, wenn die medizinische Behandlung erledigt war und sie noch genügend Luft hatte, erzählte sie mal dies, mal jenes. Ich habe nachgezählt: 168 Male war ich an ihrem Bett in gut 1000 gemeinsamen Tagen, manchmal geplant, oft auch notfallmäßig. Dem Tod gerade von der Schippe gesprungen, wollte sie anfangs noch lange leben, dann nicht mehr ins Krankenhaus und schließlich nur noch sterben.

Käthe Frehlmann beklagte sich nie. Nie über ihre Kinder, nie über das Wetter und die Politik, vor allem aber nie über ihre Krankheit. Die wurde in Wellen manchmal viel schlimmer und dann wieder etwas besser. Insgesamt nahm die Atemnot zu, aber Käthe lächelte.

»Sag mal, geht es dir gut?«, fragte die Enkelin vor der Fahrt zur Uni.

»Alles ist gut. Fahr ruhig los und komm bald wieder.«

Wir sprachen über ihre Wünsche. Sie erinnerte sich an die klaren Tage mit Hinrich am Meer und wollte noch einmal auf die Ostfriesischen Inseln, die so nah waren und doch so unerreichbar schienen. Ich telefonierte mit dem Chefarzt der *Städtischen Kliniken Norderney*, der bereit war, sie trotz der fortgeschrittenen Herzschwäche aufzunehmen.

Doch dazu kam es nicht mehr. Beim nächsten Gespräch konnte sie sich den weiten Transport im Krankenwagen nicht mehr vorstellen, noch nicht einmal den Weg aus dem ersten Stock ins Erdgeschoss. Tatsächlich verließ Käthe Frehlmann ihre Etage nicht mehr lebend.

Käthe Frehlmann stirbt

Käthe Frehlmann schaffte es schließlich nicht mehr in ihr Wohnzimmer, selbst mit dem Rollstuhl nicht. Ihren Geburtstag wollte sich nicht feiern. Nichts schmeckte mehr. Wurde sie gewaschen, bewegt oder auch nur berührt, stöhnte sie auf. Die Lippen und Hände liefen immer häufiger blau an. Die Not stand ihr in den Augen, das Herz brachte die Flüssigkeit nicht mehr aus Bauch und Beinen.

Sie rief erst nach dem Arzt, wenn es gar nicht mehr ging. Meist waren die Lippen dann schon blau und der Puls bei 120 Schlägen pro Minute.

Inzwischen waren ihre Venen sehr brüchig, die Injektionen schwierig. Sie verausgabte ihre Kräfte im Kampf um ihre Würde. Als der Toilettenstuhl angeliefert wurde, erschrak sie tief und still.

Die Atemnot raubte ihr den Schlaf. Ein Pflegedienst kam, um die übernächtigten Kinder zu unterstützen. Mehrere Lungenentzündungen kamen und gingen, ohne dass sie ins Krankenhaus musste. Von den steigenden Cortisonmengen wurde die Körpermitte immer dicker, die Arme dünner, sie bekam Diabetes und eine Zeit lang auch Insulinspritzen. Verträglichere Medikamente gegen die Atemnot halfen nicht mehr, sie brauchte immer öfter kleine Dosen Morphium. Die Anstrengung beim Stuhlgang mündete in einen Kollaps.

Dann begannen die Krämpfe durch Sauerstoffmangel. Arme und Beine zuckten, sie murmelte: »So helft mir doch«, ehe sie das Bewusstsein verlor. Als sie dies einige Male überstanden hatte, wollte Käthe Frehlmann sterben. Zu Hause sterben. Es war Zeit.

Die Tochter weinte. Die Enkel saßen reihum noch einmal an ihrem Bett. Auch für mich als Hausärztin wurde der Abschied schwer. Die Entscheidung war gefallen. Wir setzten sämtliche Medikamente ab bis auf ein wenig Morphium alle paar Stunden, damit die Luftnot nicht in Todesangst mündete. Ohne Tabletten fühlte sich Käthe Frehlmann den ganzen Tag lang wohler, sie trank mit Appetit noch einmal Kaffee, den sie so lange weggeschoben hatte. Dann schlief sie ein. Lippen und Finger waren blau, die Atmung keuchte. Nachmittags lächelte Käthe Frehlmann ihren älteren Sohn Hubertus wie von ferne an und hob noch einmal die geschwollene Hand, an der beide Eheringe steckten: ihrer am kleinen Finger und der schmale Goldreif von Hinrich am Ringfinger. Sie ließen sich nicht mehr abziehen.

Käthe Frehlmann verlor das Bewusstsein. Wenig später war sie tot.

Es wurde eine große Beerdigung. Der Saal war voll, als es hinterher Butterkuchen gab. Nach dem Kaffee ging Hubertus Frehlmann mit dem Schnaps herum und sein Sohn mit dem *Roten*. Alles war gut so. Die tief stehende Sonne schien auf den Giebel, als sie im schwarzen Anzug und gedeckten Kostümen zurückkamen auf den Hof.

Dies Haus ist mein und doch nicht mein.
Beim Nächsten wird es auch so sein.

Gebrochenes Herz und bitterer Zucker

1. Danach: Wie ein Pflaster um ihr gebrochenes Herz

»Nicht jetzt! Nun muss es schnell gehen.« Er beugt sich über ihr Krankenhausbett, *Panagiotis* steht auf dem Namensschild seines grünen Pflegerkittels. »Ich fahre Sie ins Herzkatheterlabor.«

Wie lange soll ich noch leben, nun, wo er tot ist, fragt sie sich.

Die schwere weiße Automatiktür mit dem Fenster und Metallgriffen in Hand- und Fußhöhe schließt sich zischend, sie sieht abwechselnd verschwommen und ganz scharf, Querstreifen und Lichtleisten der Flurdecke huschen über sie.

Sie blinzelt durch den Valiumnebel ins gleißende Weiß.

»Geschafft! Der Katheter ist raus. Kein Herzinfarkt, auch wenn es sich so anfühlt«, erklärt der Oberarzt, sein arabischer Akzent rau unter dem Piepen des Monitors. »Die Herzkranzgefäße sind frei, das kommt wieder in Ordnung. Ihre Stresshormone im Blut sind sehr hoch. Wir nennen das Broken Heart Syndrome. Daran sterben Sie nicht, Sie werden wieder ganz gesund. Bleiben Sie zur

Überwachung noch einige Stunden auf der Intensiv, abends geht es wahrscheinlich schon auf Station vier. Morgen meldet sich die Psychologin für Ihr gebrochenes Herz.« Er lächelt, kontrolliert den Druckverband in der Leiste und raschelt samt Schwestern ins Nebenabteil. Panagiotis schiebt ihr Bett ganz vorsichtig.

In ihrem Kopf herrscht Unordnung: Der Polizist brachte ihr die Nachricht und fing sie auf. Der Schmerz stürzte sich aus dem Nichts auf sie, hatte die linke Brust zerrissen, das Herz verknotet; die engen Rippen ließen keine Luft mehr herein. Der Schweiß brach aus ihrem Nacken und floss von der Stirn, dann kam der Kaffee hoch. Im ganzen Unglück war das einzige Glück, dass der ernste Polizist vom Sofa sprang, sie auffing und den Notarzt rief. Für einen Schnelltest pikste der in ihre Fingerbeere, sie dachte: *Ein ganz kleiner Schmerz wie zuletzt, als ich schwanger war. Wie oft wurde Kilian gestochen! Fingerkuppen wie Hartgummi hatte das Kind ...*

Die Kardiologin drehte den Monitor zu ihr. Sie sah im Ultraschall tanzende Schatten und hörte, halb schlafend von der Infusion, unglaubliche Worte von der Spezialistin zum Assistenzarzt: »Die linke Herzkammer ist unten breit und wie gelähmt, ein Herz wie ein Krug mit kurzem Henkel, Takotsubo, die traditionelle japanische Falle für Tintenfische.« In welchen Zoo war sie da geraten?, fragte sie sich. *Takotsubo-Kardiomyopathie*. Die Koronarangiografie bekam sie kaum mit. Und nun diese Diagnose. Ja, so muss es sein: *Gebrochenes Herz!*

Das Mutterherz war gesprungen, als der Polizist sie ansah, noch ehe er von Kilians Tod sprach. Beileid. Die Ursache sei nicht klar, man habe ihn in seiner Wohnung in der Kreisstadt gefunden, keine Einbruchsspuren, es werde ermittelt. Unendlich traurig, aber könne sie etwas über ihn erzählen?

Wie die Psychologin versichert, dürstet ihr gebrochenes Herz nach Erzählungen über Kilian.

Seine Hausärztin ruft spät abends an, sie weiß, warum er tot ist. Nun kann die Mutter endlich wieder an ihn als Kind, als Jugendlichen, als Mann denken. Es ist angeblich das Schlimmste, das Eltern widerfahren kann, wenn das Kind vor ihnen stirbt. Sie hat schon sehr lange damit gerechnet, eigentlich seit 38 Jahren. Nun muss sie sich keine Sorgen mehr machen. Dass Kilian so sanft gestorben ist, legt sich wie ein Pflaster um ihr gebrochenes Herz.

2. Vor der Diagnose

Die Blicke wie Speere prallen nicht immer an ihrem dicken Fell ab. Als Kilian vier Jahre alt wird, ist sein Ruf im Kindergarten schlecht: zu zappelig, finden fremde Eltern; haut und schubst, maulen die Jungen; stört immer, beklagen sich die Mädchen. »Hat wohl ADHS«, murmeln die Erzieherinnen. Der stille Jonas mit dem Sprachfehler bewundert Kilian für seine wilden Ideen, der wird sein Freund.

Der Einkauf im Supermarkt gerät zum Spießrutenlauf, Kilian stürmt johlend durch jeden Gang. In der Warteschlange vor der Kasse zischt eine Mama von zwei braven Mädchen: »Besser erziehen!«

Wenig später wird sie geschieden und bekommt das Sorgerecht. Sie zieht für eine Halbtagsstelle bei einer Stadtverwaltung von der Donau nach Niedersachsen.

Im neuen Kindergarten landet Kilian in der Integrationsgruppe. Der Start gerät gut. Im Frühling spricht er nur noch selten Bayerisch, fast kann er Hochdeutsch.

Sie selbst wirkt immer abgehetzt, dabei lächelt sie wieder mehr als früher. Anfangs atmet sie erleichtert auf, als der dürre hibbelige Kilian ruhiger wird und langsamer. Scheidung, Umzug ... das wirbelte sein Seelchen sicher durcheinander. Darum macht er auch wieder ins Bett und manchmal sogar vormittags in seine Jeans.

Von Tag zu Tag kränkelt er blasser und schlapper durch die Gegend, bis der Besuch beim Kinderarzt nicht länger aufzuschieben ist: Ob er Blutmangel habe, Leukämie, etwas an den Nieren? Von solchen Krankheiten hat sie schon gehört. Kilian lässt sich nicht bewegen, in den Urinbecher zu pinkeln. Die Waage zeigt zwei Kilo weniger als bei der letzten Impfung. Kilian riecht wie ein überreifer Apfel oder Nagellackentferner – nach Aceton. Der Arzt fährt über die knittrige Haut, schaut in die eingefallenen Augen und fragt nach Durst. Er nimmt Blut ab, der Blutzuckerwert liegt bei 537 Milligramm pro Deziliter. – Viermal so hoch wie normal! Kilian muss sofort ins Krankenhaus auf die spezielle Diabetesstation für Kinder und Jugendliche. *Diabetes mellitus* Typ I, sagt der Kinderarzt, es ist höchste Zeit.

3. Leben lernen mit Diabetes

Kilian erstarrt in seinem Bett, lässt sich wie in Narkose mit Lanzetten in Finger und Ohrläppchen stechen, beobachtet stumm Schwester Marie mit den Teststreifen und dem Zuckermessgerät. Er duldet still die Infusion in seinem Arm, später mehrere Spritzen Insulin täglich unter die Papierhaut seines dünnen Bauches. Als sein Kopf klarer wird, kann er wieder essen und rennen. Bei einem Zuckerwert von 140 mg/dl protestiert er endlich, wenn ihn die Schwestern mit der Stechhilfe piesacken.

Das Krankenhausessen findet er eklig, nie gibt es Pizza und nur komische Süßigkeiten wie rosa Spezialpudding. Dafür trifft er auf Station andere Kinder zum Spielen und interessante Jugendliche, auch das Personal mag er gerne, sogar den großen Pfleger, der zu Hause riesige haarige Spinnen in einem weißen Kindersarg hält, wie die größeren Patienten munkeln. Alles wird besser – alles außer ihr.

Völlig verändert ist sie, unsicher bei jedem Schritt und jedem Wort. Darf sie ihm Spielzeug ins Krankenhaus bringen. Oder Essen? Jedenfalls nicht die Trinkpäckchen und Überraschungseier. Darf sie mit Kilian in den Park? Ist sie schuld an seiner Krankheit? Der lange Streit vor der Scheidung, der Neustart, ihr Beruf … oder doch ein Virusinfekt oder die Gene oder zu viel Hygiene in der Krabbelzeit? Kinder vom Bauernhof bekommen ja wohl seltener Autoimmunkrankheiten wie

Diabetes mellitus Typ I. Sie kräuselt die Augenbrauen, steile Falten zerfurchen ihre Stirn, der Zweifel krallt sich in den Krähenfüßen fest.

Die Vorstellung ist Folter: Der Körper, dieser früher so duftende Kinderkörper, wehrt sich gegen das eigene Gewebe und zerstört seine Zellen in der Bauchspeicheldrüse, die doch automatisch und zuverlässig Insulin produzieren sollen, genau abgestimmt auf seine Bedürfnisse, auf Essen und Bewegung und Ruhe. In den Biologiestunden hat sie in der Schule immer abgeschaltet.

Sie muss würgen, als sie von den Antikörpern hört, die Kilian nicht haben dürfte und die das Abwehrsystem jetzt gegen seine Betazellen bildet. Etwa 80 Prozent der Zellen seien schon dahin, der Rest werde sich verschlechtern. Ihr Sohn sei lebenslang auf Behandlung angewiesen – *lebenslänglich*, hallt es in ihr. Alles habe schon vor Jahren im Verborgenen begonnen. *Also nicht zur Scheidungszeit*, schießt der Mutter durch den Kopf. *An den Streittagen davor?*

Künstlich hergestelltes Insulin muss nun den Zucker aus dem Blut in die Körperzellen schleusen. In verschiedenen Schulungsräumen und im Hörsaal im Keller gibt es Informationen von Schwestern, Diätassistentinnen und Ärzten. Sie solle gut auf seinen Diabetes aufpassen, später könne er alles selbst, dann werde er lange leben. Vor 100 Jahren seien noch praktisch alle Zuckerkinder gestorben. 1922 sei erstmals das Leben eines jungen Diabetikers mit Rinderinsulin gerettet worden.

Sie kann nicht mehr zuhören und zwei Stunden lang nicht zu Kilian ins Zimmer gehen.

Damals, als Kilian erkrankte, war die Diabetologie noch nicht so weit wie heute. Welche Fortschritte hat die Technik inzwischen jedoch gemacht! Es gab 1983 noch nicht die haarfeinen Sensoren, die 14 Tage lang im Oberarm sitzen bleiben und den Zuckerwert an ein Lesegerät mit Speicher senden. Der Algorithmus zaubert aus den vergangenen Messungen sogar einen Trend, einen Blick in die Zukunft. Damals wurde zum Messen des Blutzuckers viele Male am Tag in die Finger gestochen. In die Bäuche und Oberschenkel wurde ebenso viele Male am Tag gestochen, um aus Spritzen oder kugelschreiberähnlichen *Pens* Insulin unter die Haut zu spritzen. Die Kanülen waren 1983 noch nicht so hautschonend geschliffen wie heute. Insulinpumpen wurden erst an geübten Musterpatienten ausprobiert und nicht an neu erkrankten Kindern. Deutschland sperrte sich aus irrationaler Angst lange gegen gentechnisch hergestelltes Insulin, das in anderen Ländern schon seit 1978 als verträglichere Alternative zu Schweine- und Rinderinsulin produziert wird.

Nur wenige konnten bei dieser Marter fröhlich bleiben, das mussten sie erst mit der Gewöhnung wieder lernen. Vor allem forderten die Ärzte ein striktes Regime, ein möglichst regelmäßiges Leben, wie es heute kaum noch ein Diabetiker führt. Genau nach Plan wurden Brotscheiben und Joghurts über den Tag verteilt. Aufstehen, Sport und Essen verlangten präzises Einhalten der Vorgaben. Die Diätassistentin rechnete das Essen in Broteinheiten vor und reichte in der Schulung Plastikmodelle von Kartoffeln und Nudelhäufchen herum, auf dass die Patienten sie auswendig paukten.

Sie als Mutter muss das alles aufsaugen, dazu das Testen und Spritzen, im Wechsel an verschiedene Stellen, das Anpassen der Dosis bei hohen und niedrigen Zuckerwerten. Es gibt viel zu lernen, alles ist so wichtig. Sie besucht jeden Unterricht im Hörsaal im Keller. Wenn der Oberarzt über Spätschäden des Diabetes doziert, kann sie nicht mehr schlafen. Sie bekommt Magenschmerzen beim Gedanken, dass ihrem Kilian Blindheit, Nervenschmerzen, Amputation der Füße oder Nierenversagen drohen. Als Gefäßschäden an die Reihe kommen, fasst sie sich ans eigene Herz. Die Stationsärztin rät, manche Schulung zu überspringen. In den nächsten Jahren käme sie noch oft genug mit Kilian ins Krankenhaus, für solche Sorgen sei es viel zu früh. Die praktischen Handgriffe seien schwer genug. Doch die Mutter kann nicht wegbleiben. Es ist wie eine Sucht. Sie muss sofort jede Broschüre mitnehmen. Ihr eigenes Leben ist zu Ende, sie muss künftig ganz für Kilian da sein und nichts mehr für sich selbst wünschen.

Wie unbedeutend war der vergangene Streit mit ihrem Mann gegen diesen Feind in Kilians Körper! Was für ein Fehler war es gewesen, sich zu trennen. Alles lastet allein auf ihren Schultern. Trotz der unverheilten Wunden zwingt sie sich, mit ihm zu telefonieren, nein, er solle nicht kommen. Sie weint am Apparat und weint danach.

4. Remission

Und dann geschieht das Wunder! Welch ein Stein fällt ihr vom Herzen, als Kilian gesund wird. Er braucht immer weniger Insulin, dann gar keines mehr. Alles war Quatsch, sie kann es sehen. Im

Krankenhaus haben sie ihr völlig falsche Dinge erzählt! Wegen der vielen Lügen schenkt sie den Schwestern bei der Entlassung nur ein Päckchen von dem billigen Kaffee.

Kilian ist wieder ganz der Alte, Sausewind in allen Ecken, schlau und nervtötend. Gott sei Dank will er wieder in seinen Kindergarten. Nach den gemeinsamen Wochen im Krankenhaus findet sie wieder einige Stunden Ruhe, fühlt sich frei. Bald kehrt sie zur Arbeit zurück, spricht mit Erwachsenen über Rathausthemen, arbeitet konzentriert Akten ab. Sonntags frühstücken sie auf dem Balkon. Kilian geht es gut. Er lernt ein wenig schwimmen. Den Horror der letzten Wochen würde sie nie vergessen, aber irgendwann genauso verarbeiten wie den Tod ihres Opas.

Noch im selben Sommer ist ihr Glück zu zweit wieder vorbei. Kilian macht ins Bett. Diesmal erkennt sie die Symptome sofort. Sie erinnert sich nicht mehr, dass in all dem Fachchinesisch das Wort *Remission* gefallen war. Ihre Hand hat es in Trance während der Kellervorlesungen notiert, das Bewusstsein hat die Information jedoch nicht erreicht. Kilians Bauchspeicheldrüse hat sich unter der Behandlung erholt, neue Kraft geschöpft und einige Wochen lang genug Insulin produziert, um den Stoffwechsel im Gleichgewicht zu halten, aber nun ist der Gegner zurück.

»Krank«, sagt der Kinderarzt.

Tot, fühlt sie. Ihr Gesicht entgleist.

5. Akzeptieren, was nicht zu ändern ist, und selbst Verantwortung übernehmen

In der Klinik geht es Kilian schnell besser, nur alles Vertrauen in seinen Körper ist nun dahin. Gemeinsam büffeln sie die Berechnungen, üben die Handgriffe – es ist wieder hart. Sie hamstert für den Kindergarten und auch für die Schule nächstes Jahr Informationszettel. Zum Glück besucht Kilian die Integrationsgruppe, die würden sich vielleicht trauen, ihn zu betreuen. Immer hat sie sich von Krankheiten ferngehalten. Sie darf jetzt nicht untergehen. Sie muss festen Grund gewinnen. Sie wird als Frosch in den Rahmzuber geworfen. Nun muss sie strampeln und Butter schlagen.

Das Testen, Spritzen, Essen führt beide an ihre Grenzen. Sie fordert Kilian auf, er bockt, sie wird energisch, er schreit, sie sticht doch mit der Spritze zu, er sinkt weinend zusammen. Langsam gewöhnen sie sich an den neuen Rhythmus.

»Diabetes ist kompliziert. Mutter zu sein ist immer schwer«, beruhigt der Kinderarzt. »Das wird schon. Keiner macht jeden Tag alles richtig.«

Sie will alles richtig machen.

Im Kindergarten spielt Kilian mal mit diesem, mal mit jenem Jungen, ab und zu mit einem Mädchen, öfters mit Sarah mit dem Downsyndrom. Die glotzen die anderen Kinder noch komischer an als ihn. Sein Freund will keiner mehr sein, seit die Mutter ihm am Mitbringtag das Diabetesbilderbuch aufgenötigt hat. Er glaubt ihr nicht, dass sein Bergdialekt schuld sei.

Im Kindergarten wird Kilian wegen seines Vornamens immer mittendrin aufgerufen. Kaum ist die Schultüte ausgepackt, zählen die Nachnamen. Als *Zweig* ist er nun der Letzte, oft kommen sie gar nicht so weit. Wie wird sich das anfühlen, im Leben so oft der Letzte zu sein? Seine Mutter findet es bequem.

In der ersten Klasse bekommt Kilian im Turnunterricht und dreimal auf dem Pausenhof eine Unterzuckerung. Er ist zu schnell gelaufen und hat keinen Traubenzucker in der Hosentasche. Zuerst wird er nervös, blass, schnell zittrig, dann bricht er zusammen, an einem Donnerstag sogar mit Krämpfen. Eine Lehrerin kann ihm gut helfen, die andere nicht. Zwei Mal wird der Rettungswagen gerufen und erst die Sanitäter wissen, was zu tun ist. Manfred und Reinhard aus der letzten Reihe halten Kilian nun für gefährlich. Die Mutter erklärt jedoch, inzwischen gut geübt, dass Kilians Krankheit nicht ansteckend ist.

Die Osterferien, zwei Wochen im Sommer und einige Tage in den Herbstferien verbringt Kilian in der Klinik. Wenn sie überhaupt verreisen, dann fährt er mit der Mutter zu den Großeltern in die Berge. Für mehr ist ja auch kein Geld da, sie arbeitet immer noch halbtags. Weihnachten ist sein größter Wunsch, zu Hause zu bleiben. In manchen Jahren klappt das. In manchen trifft er die anderen Zuckerkinder auf Station. Die Mutter muss nun nicht mehr bei ihm sein. Mit zwölf ist er ein Experte für die Behandlung seines Diabetes. Er hat alles gelernt. Er hat gute Blutzuckerwerte und ein *HbA1* zwischen sechs und sieben, also ist sein Diabetes schon wochenlang richtig eingestellt. Der Langzeitwert macht ihn stolz. Man kann ihm vertrauen. Die Krankheit hat aus dem wilden Kind einen ernsthaften Jugendlichen geschmiedet. Kilian strotzt vor Selbstdisziplin.

6. Wo die wilden Zuckerkerle wohnen

Dann packt ihn die Pubertät. Seine Glieder strecken sich, an nackten Stellen wachsen Haare, abrupt beginnt die Revolution der Seele. Die 1000 Regeln sind 1000 zu viel. Er muss endlich frei sein! Er geht Eis essen und bestellt doppelte Cheeseburger mit Cola. Der Zucker steigt hoch wie seit Jahren nicht mehr. Dagegen spielt er Fußball auf dem Bolzplatz, bis er vor Unterzucker zittert. Zu Hause gibt es nur noch Streit. Sie gehen aufeinander los wie zwei Lokomotiven in voller Fahrt. Kilians Mutter ist froh, als er am Zeugnistag den Klinikkoffer vom Schrank holt.

Auf Station gehört er inzwischen zu den mittelalten Patienten. Manches kann er den Kleinen erklären oder zeigen, das gefällt ihm. Einer hat immer wieder in dieselbe Stelle auf dem Bauch gespritzt, weil es dort weniger wehtat, und versteckt ein geschwollenes Fettpolster unter dem Hemd. Kilian kennt das: »Titten am Bauch«, haben ihn die Jungs beim Schwimmen und Umziehen gehänselt, »Titten am Bauch«. Er setzt die Nadel der Insulinpumpe nun an immer neue Stellen und das Fett schmilzt allmählich weg.

So schwierig es zu Hause auch ist, in der Klinik fühlt er sich manchmal schon als Lehrer, mindestens als Buddy. Er weiß theoretisch viel und stellt kluge Fragen. Praktisch dagegen bleibt es ein Kampf, Körper und Geist unter Kontrolle zu bringen.

Sie liegen im Zweierzimmer, Kilian mit seinem blonden Kindergesicht und André, der schon 17 ist, aber noch trotziger als Kilian mit seinen 13 Jahren. André kann und kann sich mit dem Diabetes nicht abfinden. Er will sein Leben selbst bestimmen. Deshalb hat er aufgehört, richtig zu essen. Er ist fast ausgewachsen und wiegt 45 Kilo. Die Beckenknochen stechen aus den schwarzen Jeans. Die schwarzen T-Shirts flattern um seinen Körper ohne Fett und Muskeln. Manchmal zieht André mit Kajalstift schwarze Balken um seine tiefen Augenhöhlen.

Nun bilden sie beide die Elite der Abteilung, so frei und klug. Sie lachen über die fetten alten Säcke, die übergewichtigen *Typ-II-Diabetiker* von der Nachbarstation. Die sollen abnehmen, aber schleichen heimlich ins Café. Die Weiber mit den Rüschenblusen kommen ja nicht einmal mit dem Insulinpen zurecht! André und Kilian programmieren ihre Insulinpumpen, wie sie wollen, und tragen sie als Trophäen über dem T-Shirt. Die Pumpe schimmert wie ein Orden, der die Besten von den Massenmenschen unterscheidet.

André erzählt Kilian von den Sitzungen beim Kinder- und Jugendpsychiater, von Monaten in der Klinik für Essstörungen, wo er der einzige Mann unter lauter Mädchen ist. Vielleicht müsse er durch eine Sonde zwangsernährt werden wie ein Demonstrant im Hungerstreik. André gibt sich cool und setzt sich überall durch. Er lässt sich nicht mehr steuern und isst kaum, bis alle nach seiner Pfeife tanzen. Er ist großartig und beängstigend. Sein Blutzucker fährt Achterbahn. Jeder Besuch der Eltern mündet ins Drama von Schreien und Schweigen.

André ist schon viel länger im Krankenhaus, doch als Kilian nach Hause kann, weiß keiner, wann sein Freund in eine neue Psychotherapie oder zu den Eltern entlassen wird. Kilian schreibt ihm und bekommt manchmal eine kurze Antwort. Zuletzt meldet sich der Vater: *André hat sich zu Tode gehungert.* So will Kilian nicht enden.

Seine Mutter ist schockiert, obwohl sie André nie leiden mochte. Natürlich schreibt sie eine Beileidskarte. *Schicksalsschlag, wie soll man danach weiterleben?*

Als die Mutter sie das letzte Mal am grauen Kliniktisch sitzen sah, Kilian 13, André 17, dazu Christoph mit 12 Jahren, da waren sie Jungen voller Kraft und Anspruch an ihr Leben. Sie sprachen groß von sich und ihren Plänen, aufblühende Supermänner ohne Grenzen. Nun würde der erste der Titanen bald vermodern. Eine Welle der Angst schwappt über sie. Sie lässt sich wenig anmerken.

7. Den eigenen Platz im Leben finden

Am Ende der Ferien fährt Kilian von den Großeltern aus mit dem Fahrrad durch die Voralpen. Im Jahr darauf leiht er sich das erste Rennrad und wagt sich auf anspruchsvollere Strecken. Noch einen Sommer später fährt er ziemlich schnell und hoch hinauf. Er bekommt Muskeln und findet sich nun etwas schöner, wenn auch nicht genug. Nach den Touren geht er schwimmen und trainiert mit Hanteln. Den Zucker kann er gut managen. Ein bisschen Angst sitzt mit auf dem schmalen Sattel, weil er am liebsten allein unterwegs ist und auch bewusstlos ins Gebüsch kippen könnte. Kilian mag gern mit sich allein sein, ihm wird nie langweilig mit sich selbst. Einsam ist er sowieso, das würde auch immer so bleiben. Jeden Tag sorgen die Großeltern sich um ihn, aber Kilian kommt immer gut zurück.

Er sieht riesige Laster voller Baumstämme ins Tal fahren und denkt: *Bleib besser hinter ihnen. Die sind stärker. Wer so ist, hat im Leben Vorfahrt.* Also soll seine Zukunft stark und abenteuerlich sein. Nach der Schule würde er *King of the Road*, vielleicht mit Gefahrgut. Groß ist sein Entsetzen, als die Ärztin nach seinen Plänen fragt und sie zerschmettert: Vielleicht könne er einmal den Führerschein für Pkws machen, aber auf keinen Fall Lastwagen oder gar Gefahrgut fahren. Kein Gutachter würde ihm und anderen *Typ-I-Diabetikern* so etwas erlauben.

Die Schule fällt Kilian leicht. Der beige karierte Lehrer erzählt von den Philosophen seiner Jugend, von Sartre, schwarzen Rollkragenpullovern und vom *Geworfensein* in die Welt. Kilian hört vom *Selbstentwurf* und der Freiheit, schreibt sehr gute Tests dazu, vergisst fast alles und hakt das Thema wie alle anderen ab. Er lebt das *Geworfen-*

sein. Kilian wirft mit Papierkügelchen auf den Karopullover.

Er macht Abitur und studiert, wird Bauingenieur. Eine Stelle zu finden ist schwer, die Firmen nehmen lieber die Ausgleichsabgabe in Kauf als einen schwerbehinderten Angestellten. Die Stadtverwaltung der Kreisstadt stellt ihn schließlich ein. Er ist kaum zu kündigen und hat mehr Urlaub, die Arbeit ist abwechslungsreich und anspruchsvoll. Er sieht seine Spuren in der Stadt und nach einer Beförderung im Landkreis: die Brücken, Straßen, Gebäude, Neubauten und Instandsetzungen. Einige Spuren klotzen mächtig in der Landschaft, andere erkennen nur Eingeweihte. Er hat keinen Ehrgeiz, dem Bauamtsleiter Konkurrenz zu machen oder in politische Ämter zu wechseln. Er weiß von nichts, als die Presse nach illegalen Absprachen bei Ausschreibungen forscht. Er verachtet Trickser. Kilian bleibt ganz bei der Technik.

Dafür soll er einige Male im Jahr im Stadtrat oder vor dem Kreistag die Pläne erläutern. Er schätzt die politischen Sitzungen nicht. Öfters muss er darauf bestehen, dass diese oder jene große Ausgabe aus dem Steuersäckel notwendig sei. Er zeigt Bilder, welche Not gewendet werden soll. Die Ratsfrauen und Ratsherren sehen zum ersten Mal, wie verrottet die Fundamente der Brücken sind, über die sie und die Bürger täglich fahren. Sie erschrecken. Kilian denkt wieder einmal, wie ahnungslos diese gewählten Vertreterinnen und Vertreter der Einwohner in manchen Dingen sind. Er kann ihnen das Problem mit diesem oder jenem Schwerpunkt schildern, dann stimmen sie mit Mehrheit oder einstimmig ab. Einige engagieren sich mit großer Kraft und guten Ideen, andere heben die Hand, wenn ihr Fraktionsvorsitzender es vormacht, und sprechen kaum jemals. Das Gerücht geht um, dass Ratsmitglieder der großen Parteien in den ersten Jahren höchstens in den Ausschüssen sprechen dürften, vielleicht sogar bestraft werden, wenn sie im Stadtrat ihre Meinung hinausposaunen. Im Kreistag ist es noch schlimmer, dort sprechen immer dieselben. Oft geben sie Kilian den Auftrag, Sparpotenziale beim Straßenbau oder einer neuen Schule zu finden. Das findet er ziemlich schwierig, bis er anfängt die Kosten, die er später sparen will, von vornherein in den Plan einzubauen.

Er verdient viel mehr als nötig. Ab und zu macht er eine Urlaubsreise, meist fährt er alleine Rennrad in den Bergen. Die Einladung seiner Mutter zu einer Kreuzfahrt schlägt er aus. Diese Art zu reisen belaste die Umwelt über die Maßen, argumentiert er.

Insgeheim übermannt ihn die Angst vor 12 Tagen in der Doppelkabine. Sie essen alle 14 Tage bei ihr oder im Restaurant und fahren zu den Sehenswürdigkeiten im Radius von drei Stunden. So will Kilian es auch lassen. Für ihn ist es genau richtig so, für sie allerdings nicht genug, Elternschicksal. Sie haben immer vieles zu besprechen, auch die Krankheit bleibt ein Thema, inzwischen eher am Rande.

Er kauft eine Neubauwohnung im zweiten Stock mit Blick ins Grüne in einer Nachbarschaft mit wohlsituierten Menschen, wohlgebauten Kindern und wohlerzogenen Hunden. Eine Risikolebensversicherung braucht er nicht, aber eine Kapitallebensversicherung oder eine Berufsunfähigkeitsversicherung würde Kilian gern abschließen. Er füllt seitenlange Anträge aus, natürlich mit der Diagnose *Diabetes mellitus Typ I*. Die Vorerkrankung macht alle Angebote extrem teuer, er lässt die Finger davon und kauft für sein Alter Aktien. *Pharma* und *Biotechnologie* fesseln ihn, von dort sollen Fortschritt und Hilfe für die leidende Menschheit kommen.

8. Es waren zwei Königskinder, die hatten einander so lieb, sie konnten beisammen nicht kommen, das Wasser war viel zu tief

Im Bauamt arbeiten 9 Männer und 22 Frauen. Anna kocht oft Kaffee und bringt Kilian einen Becher mit. Sie ist 30, knuppig und geschieden. Alle lieben ihren selbst gebackenen Kuchen. Wegen Kilians Diabetes nimmt sie weniger Zucker, er bemerkt es. Ihr kleines Mardergesicht lächelt mit Fältchen um die Augen. Annas Pullover und Hosen werden farbiger. Im Frühling kauft sie ein Blumenkleid. Er mag es gern und überlegt tagelang, worüber er mit ihr sprechen könnte. Nachts wacht er auf. Er grübelt, ob ein Anzug passender wäre als die ewigen Jeans.

Kilian zählt nun knapp 32 Jahre und hat erst mit zwei Frauen geschlafen, nur wenige Male im Studium. Es war schön gewesen, ihnen gegenüber zu sitzen, ihre rudernden Hände und schmalen Knöchel zu sehen. Wie ihre Stimme klang und wie ihr Körper roch, der versprach: »Wir mögen uns.« Aber nur für kurze Zeit. »Wenn du mich küsst«, mokierte sich Stefanie, »kräuselst du die Lippen wie Tante Erna.« Er wollte es besser lernen, doch schon war sie weg. Alles, was er bis zum Examen erlebte, war Blümchensex. Die Universität endete für Kilian mit einem sehr guten Examen ohne Spuren des lustigen Studentenlebens.

Frauen finden ihn nicht attraktiv, das ist die traurige Wahrheit. Nicht aufregend, unsexy, unmodisch. Auf Fotos sieht er nie gut aus. Mit jedem Jahr strengt es ihn mehr an, sich nach der Liebe zu sehnen. Er hat keine Lust, die Dinge in die Hand zu nehmen, wie Frauen es erwarten. Er will verführt werden, nicht selbst eine aufreißen. Leider vergewaltigt ihn keine. Er wird nervös, sein Herz flattert, Schweiß kriecht aus seinen Achselhöhlen, bis die Luft sauer riecht. Er hat ihnen nichts Aufregendes zu sagen und erzählt etwas über die Arbeit im Bauamt. Hundertmal überlegt er, ob er bei neuen Frauen gleich am Anfang mit der Zuckerkrankheit herausplatzen soll oder ob er sie kennenlernen kann wie jeder andere. Was passiert, wenn eine aus heiterem Himmel die Insulinpumpe entdeckt? Vertrauen aufbauen oder Chancen wegwerfen – er kann keine Entscheidung treffen und wagt gar nichts.

Mit Onlineportalen und Dating-Apps hat er schon viel Zeit und Geld vertan. Die Hobbys der Frauen passen gut, die Photoshopbilder gefallen ihm. Bei Wisch-und-weg gehört er noch nicht zu den ewigen Verlierern. Ab und zu reagiert eine und bleibt an seinem Draufgängerfoto hängen. Aber er traut sich kein Treffen von Angesicht zu Angesicht zu. Ihm graut vor dem Sprung vom Bildschirm ins wahre Leben. Eine will keinen Kranken haben, schon der erste Versuch von Ehrlichkeit geht in die Hose. Wenn er am Wochenende bei seiner Mutter Braten isst, fragt sie nicht mehr nach Frauen oder Enkelkindern.

Er fährt den Straßenstrich neben der Bundesstraße entlang zu den kreiseigenen Windkraftanlagen und hat nur Mitleid mit den verfrorenen Nutten aus dem Osten. Aus Zufall parkt er hinter einem *Lovemobil*, sieht einen schlanken Mann in seinem Alter am Fenster verhandeln und einsteigen. Das Wohnmobil wackelt heftig, dann steht es still, nach einigen Minuten wackelt es wieder. Ob er so etwas überhaupt noch zustande brächte? Inzwischen ekelt er sich vor den meisten Pornos.

Anna aus dem Vorzimmer des Baudezernenten tut nicht den ersten Schritt. Er traut sich an ihren Kaffee heran, nicht an Anna. Sie bringt Kuchen und wartet, ob er zupackt *wie ein Mann*.

Im September brüten sie im Team über einem Plan. Anna tritt nach ihm aus dem Besprechungszimmer, er hält ihr die Tür auf, Zeigefinger, Mittel-

und Ringfinger seiner linken Hand schließen sich um die matte Türklinke, er schwankt und hält sich fest. Die Rechte gibt ihr galant den Weg frei. Sie verhaspelt sich auf ihren hohen Sandaletten und wäre fast gestolpert, er gerät mit Armen und Beinen aus dem Takt. Dann ist es vorbei, sie müssen in verschiedene Richtungen. Nach drei Sekunden sieht er sich benommen nach ihr um.

Auf dem Weihnachtsmarkt lädt er sie zum Glühwein ein.

Ostern sieht er Anna vor der Eisdiele mit einem vom Sozialamt lachen. Sie teilen sich einen Himbeerbecher mit viel Sahne. Woher kommen im April die Himbeeren?

Auf YouTube hört er Janis Joplin *Freedom's just another word for nothin' left to lose* singen. Das hat seine Mutter oft gespielt. Tausendmal lief der Song auf dem CD-Player.

Eigentlich ist er über den Sturm und Drang jugendlichen Testosterons hinaus. *Wahrscheinlich*, denkt Kilian. Die Zeitung erklärt die vergessenen Worte *Hagestolz* und *Blaustrumpf*. Die Leser wählen *Sehnsucht* zum Lieblingswort, er freut sich. Auch Suchen ist ein guter Lebensstil, er braucht nicht zu finden.

9. So oder so ist das Leben

Was ihn umwirft, ist das Treffen mit Christoph. Kilian patrouilliert zur Abnahme der Pflasterarbeiten über den Krankenhausparkplatz, alles liegt im Zeitplan und ist gut gemacht. Er erkennt Christoph gleich, obwohl alles so lange her ist und Christoph anders aussieht als der Jugendliche, mit dem er immer wieder sein Krankenzimmer teilte. Er läuft vorsichtig mit Frau und Koffer auf dem Bürgersteig gegenüber und reagiert erst, als Kilian ihn fragend anspricht: »Bist du es?« Die Männer verabreden sich in zwei Stunden im Café, die Frau hakt Christoph unter und führt ihn durch die Automatiktür.

Erst am Tisch fällt es Kilian wie Schuppen von den Augen: Christoph ist blind. Das habe seine lange Diabeteskarriere bewirkt, erzählt der. Er habe in jungen Jahren nie Kontrolle über seinen Zucker und sein Leben bekommen, bis der Körper wegwelkte. Seine Füße seien taub, aber sie täten nicht mehr weh.

»Das Irre ist, dass ich nach Jahren mit Nierenschwäche und Dialyse eine Nierentransplantation bekommen habe und vom selben Spender transplantierte Inselzellen aus der Bauchspeicheldrüse. Nun habe ich überhaupt keinen Diabetes mehr«, flüstert Christoph. »Da ich heute alle Spätschäden habe außer dem Tod, fürchte ich mich vor keiner Krankheit mehr.«

Es schaudert Kilian beim Anblick von Christophs weißen Fingern, seiner grauen Haut, den Falten und der Sonnenbrille vor den irrenden Augen. Er selbst wollte immer so heil wie möglich leben und dann schnell sterben, so wie alle das wollen. Einen sanften Tod. Bisher hat er sich sehr gut geschlagen, gar kein Vergleich zu Christoph. Die übermenschliche Anstrengung hat sich gelohnt. Wie kann sein Kumpel es so aushalten, so versehrt? Worüber traut man sich mit solch einem Mann noch zu sprechen?

Das Reden übernimmt aber Christoph: »Solange ich zurückdenken kann, ist es mir noch nie so gut gegangen wie jetzt. Karin ist eine liebe geduldige Frau. Beide lieben wir Musik am frühen Morgen. Wir haben neben meinen Eltern gebaut. Unsere Kinder sind beide gesund. Mein Begleithund Asso sitzt jetzt zu Hause, aber sonst ist er immer bei mir, ein Superfreund. Belgischer Schäferhund. Nur ins Krankenhaus soll er nicht mit, dann bringt mich Karin. Ich bin Schriftführer in der Selbsthilfegruppe für Blinde und Sehbehinderte, obwohl andere schon von Kindesbeinen an die Brailleschrift gelernt haben. Für die Protokolle habe ich ein Computerprogramm. Überhaupt gibt es tolle Technik. Ich höre ein Hörbuch nach dem anderen aus der Stadtbibliothek. Ich bin jetzt zufrieden.«

Einer bewundert den anderen in warmen Worten für sein Leben.

Kilian kann sich nicht beherrschen, er muss singen: »Freedom's just another word for nothin' left to lose«, und kommt sich dabei niedrig vor. Nie könnte er mit so wenig zufrieden sein.

Christoph fragt nach dem restlichen Text. Kilian kennt nur die eine Zeile.

Christoph weiß den gesamten Text auswendig: »… from the Kentucky coal mines to the California sun, yeah, Bobby shared the secrets of my soul, through all kinds of weather, through everything we done, yeah, Bobby baby kept me from the cold.«

Schöner Text. Wie kann Kilian mit so wenig zufrieden sein?

10. Ruhe in Frieden

Als er am Montagmorgen nicht ins Büro kommt, heißt es, er sei zur Überprüfung des Baumkatasters unterwegs.

Nach der Mittagspause schickt sein Dezernent eine E-Mail mit eiligen Fragen zum Anbau am Kreishaus. Als seine Ungeduld groß genug wird und Kilian nicht an sein Handy geht, soll die Auszubildende im zweiten Jahr bei ihm vorbeifahren. Wo wohnt er eigentlich? Kilian hat seinen Einstand und alle Geburtstage im Amt gefeiert, niemand ist in seiner Wohnung gewesen. Die Adresse findet sich in der Personalabteilung.

Der Hausmeister späht zu der jungen Frau, wie sie vergeblich klingelt, überlegt umständlich und zückt seinen Generalschlüssel. Er weiß, dass Kilian eine Krankheit hat, aber nichts Genaueres.

Sie finden ihn auf dem Sofa. Der Notarzt bestätigt den Tod, für ein Fremdverschulden findet sich kein Zeichen. Trotzdem bleibt die Todesursache unklar. Nach der Polizei kommt die Hausärztin zur Leichenschau.

Am Freitag, erzählt die Ärztin, sei Kilian mit einer Nebenhodenentzündung bei ihr gewesen, das Antibiotikum liegt auf dem Küchentisch. Weil bei Entzündungen der Blutzuckerspiegel steigt, hat Kilian die Basalrate seiner Insulinpumpe kräftig erhöht. Von den Tabletten wurde ihm vermutlich schwummerig im Bauch, er aß nicht viel. Übers Wochenende schwoll der Nebenhoden ab, die Schmerzen ließen nach und auch die Rötung. Mit dem Rückgang der Infektion sank der Insulinbedarf, doch Kilian korrigierte die Pumpe nicht.

Inzwischen gibt es in den USA zugelassene Insulinpumpen, die mit dem Glukosesensor im Unterhautgewebe kommunizieren: Die Insulingabe wird teilweise automatisch angepasst. Noch besser sind Systeme *Marke Eigenbau*, mit denen auch deutsche zuckerkranke Tüftler ihren Glucosesensor über eine Cloud mit der Insulinpumpe und dem Smartphone verbinden, das bei Unterzuckerung laut warnt. Sie warten nicht. Die technikfreudigen Bastler treiben den Fortschritt schnell voran in Richtung auf ein modernes *Closed-Loop*-System und teilen ihre Erfahrungen offen im Internet. Ärzte dürfen aus rechtlichen Gründen nicht dazu beraten. So ein *Looping* hätte Kilian wohl gerettet.

Noch ist nicht klar, wie sicher man sich auf die Algorithmen und die Technik verlassen kann. Auch die Frage, wie ein Hacken der Geräte verhindert wird, damit die Insulinpumpe nicht zum ferngesteuerten Mörder wird, verdient Beachtung. Doch solche Geräte sind die Zukunft für viele Diabetiker.

Kilians Pumpe drückte Stunde um Stunde zu viel Insulin unter seine Bauchhaut. Der Blutzucker spiegel fiel. Das Gehirn bekam zu wenig Energie. Er konnte nicht klar denken und nicht so reagieren, wie er es viele Male richtig gemacht hatte. Wahrscheinlich fiel er im Schlaf in eine schwere Unterzuckerung. Daran kann man sterben.

Wenn die erste Unruhe überstanden ist, ist das ein sanfter Tod.

Luftnot 2

Und je freier man atmet, je mehr lebt man.
Theodor Fontane, *Der Stechlin*

Anke lehrte mich eine traurige Lektion. Wie im Brennglas bündelte sie den Teufelskreis von widrigen Lebensumständen, körperlicher Krankheit und wunder Seele.

Als frischgebackene Fachärztin für Allgemeinmedizin von 29 Lebensjahren vertrat ich für einige Wochen einen Kollegen im ostfriesischen Südbrookmerland, einer rauen Gegend nahe der Nordsee. Das ist das Land mit dem Ostfriesentee in Rosentassen und den gemütlichen Backsteinhäuschen. Das ist der Landstrich, in dem ich in dieser kurzen Zeit mit der Jagdflinte bedroht wurde; in dem ich die Leiter festhielt, als ein Polizist den hoch verschuldeten Familienvater vom Strick am Garagenbalken schnitt; in dem der tobende Alkoholiker das ungeborene Kind aus dem Bauch seiner Mutter schneiden wollte und dann die lange spitze Schere gegen mich wandte.

Dieses Moor wurde nach einem Urbarmachungsedikt Friedrichs des Großen 1765 Schritt für Schritt trockengelegt und abgetorft. Immer noch muss das Land entwässert werden, damit die Seen, Teiche und Kanäle sich bei Dauerregen nicht zu einer riesigen Wasserfläche verbinden. In die neuen Moorkolonien zogen die Ärmsten, um ihr Stück Land zu kultivieren. Außer Buchweizen wuchs fast nichts, die Tiere erlagen Seuchen, die Kolonen mussten sich ihr Scherflein von der Armenkasse holen, nackte Kinder bettelten. Einzelne wurden von der Armenverwaltung als unerwünschte Personen auf ein Schiff nach Amerika verfrachtet. Entlassene Soldaten und Strafgefangene wurden in dieses Armenhaus Ostfrieslands geschickt, um sich sehr karge Existenzen als Bauern oder auch nur Torfstecher aufzubauen, fernab der stolzen Kapitäne an der Küste und der Nachkommen hochgewachsener Friesenhäuptlinge in ihren Burgen.

Die Zugezogenen im Binnenmoor wurden nicht alt. Sie waren an Körper und Geist oft krank, klein und zermürbt von Hunger oder Haft, tranken und rauchten viel, hatten vielleicht auch wenig Gutes von den Eltern mitbekommen und kamen immer zu kurz. *Dem Ersten der Tod, dem Zweiten die Not, dem Dritten das Brot*, so folgte eine Generation im Moor der anderen.

Es gab viele Kommunisten in Brookmerland, Hunderte erbbiologische Gutachten und Zwangssterilisationen in Zeiten des Nationalsozialismus, immer große Probleme und engste Wohnverhältnisse. Erst durch das 1964 gebaute *VW*-Werk in Emden entstanden gute Arbeitsplätze für Angestellte, auch für die Leute aus Moordorf und den Nachbarkommunen.

Anke kam aus einer armen Familie ohne große Hoffnungen und litt schon früh unter Asthma. Bei vielen hustenden und pfeifenden Kindern *wächst sich das aus* und sie werden später gesund – nicht so bei Anke. Das Asthma wurde schlimmer, Sprays und Säfte und Tabletten mussten immer in der Nähe sein, im Spätherbst schlichen mit den Nebelschwaden die Erkältungen um ihr winziges heruntergekommenes Haus. Sie saß viel beim Arzt und war sehr unglücklich. Sie aß viel und nahm mehr Cortisontabletten als empfohlen, um sich irgendwann ein wenig behaglicher in ihrem feindlichen, asthmatischen, immer dickeren Körper zu fühlen. Das war Jahrzehnte her, als den Ärzten noch nicht so gute neue Mittel zur Verfügung standen und das Cortisonrezept noch locker saß. Zum Glück geht es Asthmapatienten heute besser.

Ankes Asthma geriet außer Kontrolle, sie weinte und verzweifelte. In ihrem Fettpanzer war sie nicht die gestandene Frau, die Probleme löste. Keines. Die lange Krankheit deformierte ihren Körper; darin wohnte eine Seele, die dem Leib misstraute und seine Launen fürchtete. Sie dachte nicht daran, etwas Neues zu versuchen, fortzuziehen oder etwas zu lernen. Anke wirkte auf mich wie eine Gefangene.

Sie saß bei schlecht bezahlter Heimarbeit im Anbau ihrer Kate: Anke pulte Krabben. Sie schälte sie von Hand aus ihrem kleinen rosa Panzer, nahm den Kopf der Krabbe zwischen Zeigefinger und Daumen, das Hinterteil mit der anderen Hand, und drehte, bis der Panzer aufbrach, zog ihn dann vorsichtig vom Schwanzende und das Fleisch vom Kopf. Anke stützte sich zwischendurch auf die Armlehnen des breiten Stuhls, hatte vor sich die Wanne mit den frisch gebrühten Nordseekrabben vom Kutter und die zweite mit dem geschälten Krabbenfleisch. Und hustete dabei Eiter. Sie bekam so schlimme Asthmaanfälle, dass sie inmitten ihrer Krabbenschalen Spritzen in die schlechten Venen ihrer dicken Arme bekommen musste.

Sicher war sie die einzige der vielen Krabbenpulerinnen, bei der solche Verhältnisse herrschten. Trotzdem: Woran sollte ich Ankes Krabben von anderen unterscheiden? Ich aß keine Nordseekrabben mehr, bis sie im Kühllastwagen zu gut beleuchteten Hallen in Marokko gefahren wurden, wo adrette Frauen mit Häubchen sie am Fließband hygienisch schälten.

Phönix aus der Asche

Sommerferienzeit, die Nachmittagssprechstunde war kaum besucht. Er nannte mir einen anderen Vornamen als den auf seiner Krankenversicherungskarte. Er bräuchte eigentlich nur ein Mittel gegen Übelkeit und Schwindel und einen *gelben Schein* – die Krankmeldung oder korrekt: *Arbeitsunfähigkeitsbescheinigung*. Beim Blutdruckmessen sah ich seine vernarbten Arme.

Die Sache mit dem Namen klärte sich schnell. Er wurde 1978 in der großen Stadt Omsk geboren und lebte ausschließlich dort, bis er mit 15 Jahren nach Deutschland kam. *Wolodja* nannte ihn die Großmutter zärtlich, seit sie nach der Geburt zum ersten Mal in seine Augen geschaut hatte. »Ich habe ihr einigen Kummer gemacht«, sagte er.

In Sibirien war sein Name Wladimir. Wladimir Jewgenjewitsch. Nach der Ausreise fragten ihn die Eltern nicht, wie er heißen wollte. Sie meinten es gut und glichen in einer Amtsstube seinen russischen Vornamen, den sie ihm in bester Absicht in der Sowjetunion gegeben hatten, an den Nachnamen und die neue Heimat an. Wladimir würde sich als *Waldemar* schneller in Deutschland einleben, dachten sie. Sie waren zu optimistisch. Immer noch fand er *Waldemar* lächerlich. Dabei gibt es viele *Waldemars* unter den Aussiedlern. Ich kenne keinen, der seinen Namen so falsch findet wie er. Zum Glück nannte Alla ihn *Wolodja* und das war ein Teil der Heilung nach den vielen Schmerzen der letzten Jahre.

Er hatte nicht fortgewollt aus dem gemütlichen Holzhaus mit dem fruchtbaren Küchengarten, vor allem nicht fort von seiner Schule in Omsk. Besonders viele Freunde hatte er nicht gehabt. Für die Mitschüler war er *der Deutsche* und gehörte zu denen, die in den letzten Jahren in Scharen aus Russland fortgezogen waren – nach Deutschland, Israel oder Amerika –, deren Großmütter eine unverständliche Sprache sprachen und Kirchenlieder sangen, denen Sauberkeit, Selbstdisziplin und Pünktlichkeit mehr im Blut lagen als die Freude am Leben.

Für andere galt er schon als ewiger Russe, der nur Omsk kannte und nur Russisch sprach. Die meisten deutschstämmigen Jugendlichen waren längst mit ihren Familien fortgezogen. Sie schrieben durchaus zufriedene Briefe und lernten viel Unbekanntes kennen, alles anders und manches besser als in Sibirien, während Wolodjas Eltern und Großeltern sich nicht entschließen konnten. Über Monate diskutierten sie über Gehen oder

Bleiben, träumten vom Reisen, grübelten und kamen doch nicht vom Fleck. Sie klebten an ihrer Vorstadtstraße, die sich mit jedem Monat weiter leerte. Als Junge war er ihnen ausgeliefert und konnte nicht mitbestimmen.

Wolodja hatte es schwer in der Schule und dazu noch Pickel und kurze Beine, ein hässliches Entlein neben den erblühenden Mädchen seiner Klasse. Aber da waren Eduard und Konstantin und Alexander und Olga und vielleicht sogar Tanja, die ihn mochten und mit ihm redeten. Sie hatten dieselbe Zeichenlehrerin. Manchmal holten sie Tanja vom Ballett ab oder waren am Wochenende unterwegs. Sie rauchten im Gebüsch. Bei denen wollte er bleiben, auch wenn seine Eltern nach Deutschland gingen. Keiner hörte auf ihn. Am Sonntag hieß es plötzlich: »Wolodja, wir reisen.« Sie packten. Er musste mit.

Damit wurden die Probleme größer. Er verstand die schwere deutsche Sprache nicht, sie klang ganz anders als der Dialekt der Großeltern. Das *Lager*, in dem sie monatelang auf engem Raum wohnten, reizte ihn, bis er schrie. Die erste Wohnung, solange sein Vater Eugen – früher *Jewgenij* – noch keine Arbeit fand, war hässlich und hatte keinen Garten. Das Essen schmeckte nicht. Und vor allem war die Schule schrecklich!

Wolodja ging zur Hauptschule. Zuerst staunte er über die kleine Klasse von 25 Schülern. Der Stoff in Mathe und Physik fiel ihm im Grunde leicht, sie lagen weit hinter seiner Schule in Omsk. Doch er verstand weder die Lehrer noch die Mitschüler und die Bücher. Es herrschten ein dauerndes Kommen und Gehen, Unruhe und grobe Worte von Mädchen und Jungen. Aus Omsk war er Disziplin und mächtige Lehrer gewöhnt. Sie waren mehrere *Russen* in der Klasse und viele in der Schule. Unter den Jungen herrschte immer Konkurrenz. Ständig waren sie im Stress, maßen sich an jedem in der Gruppe, kämpften um Respekt in der Hackordnung und achteten die anderen nicht. Er musste einen Weg finden, dass alle ihn respektierten. Er versuchte es mit Boxen und Judo. Schubsen und Anschreien wirkte besser. Schon in seiner kurzen Zeit in der Hauptschule stieg er auf zum Schrecken der Lehrer. Um ihn loszuwerden, gaben sie ihm gerade noch so den Hauptschulabschluss.

Zur berufsbildenden Schule musste er 15 Minuten mit der Bahn fahren und noch einmal so lange zu Fuß gehen. Mit schlechten Noten in Deutsch und Englisch, im Arbeits- und Sozialverhalten und ohne einen Berufswunsch kam er ins Berufsvorbereitungsjahr, in dem Grundkenntnisse gelehrt wurden. Neben vielen frisch Zugewanderten gab es dort auch allerhand Tunichtgute jeglicher Herkunft, zu denen sich Wolodja vom ersten Tag an gesellte. Im Zug waren sie laut, auf dem Schulweg rauchten sie Zigaretten. Irgendeiner brachte immer Bier oder Wodka mit. Auf die Kiffer warteten mittags die Dealer, sie kauften bei dem Typen im *Golf* Cannabis in steigenden Mengen. An den Wochenenden lagen sie nicht im Freibad, sondern *breit* im Bett. Die Unterrichtsstunden brachten sie irgendwie hinter sich oder kamen einfach nicht. Die Lehrer konnten einem leidtun und auch die anderen Schüler, die etwas aus ihrem Leben machen wollten – Wolodja hatte andere Bedürfnisse.

Sein Deutsch verbesserte sich, trotzdem fand Wolodja keine Lehrstelle. Weil er ja nun irgendetwas machen musste bis zum Ende der Schulpflicht, versuchte er es mit Fahrzeugtechnik. Er gab schnell auf. Als Metallbauer kam er leichter zurecht. Er besuchte in Vollzeit die *Berufsschule Metallbautechnik*, doch wurde ihm vom Cannabis so schlecht, dass er unter Krämpfen stundenlang erbrach. Der Typ im *Golf* empfahl ihm etwas Besseres und weihte ihn in die Geheimnisse des Heroinspritzens ein. Das war eine wunderbare neue Welt! Alles wurde schlagartig einfach und frei, schön und schmerzlos. So gut wie nach dem Schuss hatte er sich schon lange nicht mehr gefühlt. – So schlecht wie *on turkey* allerdings auch nicht, dem Entzug vor der nächsten Spritze.

Mit fliegenden Fahnen ergab er sich der Sucht. Er beklaute Vater und Mutter, Oma und Schwester, Schüler, Drogerien, Supermärkte, Tankstellen und stand bei dem Mann im *Golf* tief in der Kreide. Er duschte nur noch selten, wenn ihm nicht alles weh-tat. Mit dem Metallbau wurde es nichts, er zitterte und kam ja tagelang nicht mehr bis zum Zug. Er sprach kaum mehr. Seine Schwester nannte ihn das *schwarze Schaf* der Familie und schämte sich.

Die Eltern wollten ihn nach den ersten Polizei-einsätzen nicht mehr decken, sie waren tief ent-täuscht. Für Wladimir und Katja hatten sie Omsk verlassen und große Unsicherheit auf sich genom-men. »So etwas hat es noch nie in unserer Familie gegeben«, sagten sie. »Er muss erst ganz tief unten sein, bevor er wieder ans Licht kann«, sagten sie. Dann wandten sie sich stumm von ihm ab. Die Oma weinte.

Wolodja stieg in einem klaren Moment mit einer prallen Sporttasche in den Zug und setzte sich die Großstadt ab. Nur weg aus dem nieder-sächsischen Kaff! Er schlief im Rohbau und trieb sich auf der Straße herum. Um seine Matratze sta-pelte sich der Müll. Der Schmutz ließ die Einstich-stellen in seinen Ellenbeugen, an Armen, Beinen und Füßen eitern und vernarben. Vom Spritzenteilen bekam er *Hepatitis C.* Er magerte ab. Die Kleider fielen ihm fast vom Leib. *Nackt kommen wir auf die Welt, nackt müssen wir wieder davon.* Wolodja war einer von denen, die auch zwischen Anfang und Ende fast nackt gehen. Er wurde beim Klauen erwischt, zusammengebrochen als *hilflose Person* aufgegriffen und bei einem Raubüberfall festgenommen. Er kam in Gewahrsam, auf die geschlossene Station des Landeskrankenhauses, wurde entgiftet, brach jede Entwöhnung ab, kam wieder in die Psychiatrie, kam wieder ins Gefängnis. Dort war es schwierig und teuer, aber doch möglich, Heroin zu bekommen.

Viele Jahre lang ging das so. Als Wolodja in einer Unterführung lauerte, einen anderen Junkie niederstach und dessen Heroin raubte, war er ganz tief unten. Dies war ein schweres Verbrechen, die Polizei suchte intensiv und fand ihn schnell.

Und endlich wollte er sein Schicksal wenden. Wolodja hatte Angst. Er konnte so nicht weiterleben. Nur wenn er sich motiviert zu einer langfristigen Therapie zeigte, konnte er den brutalen Mithäftlingen im Gefängnis entgehen. Und tatsächlich, der Strafrichter sah die Substanzabhängigkeit als Ursache der Straftat mit der Gefahr, auch in Zukunft erhebliche Straftaten zu begehen. Er ordnete die Unterbringung in einer Entziehungsanstalt nach § 64 StGB an. Die Einrichtungen der forensischen Psychiatrie, also des Maßregelvollzuges, dienen zugleich der Behandlung des Individuums und dem Schutz der Allgemeinheit. Die Bauart entspricht einem Haftkrankenhaus. Dort arbeitet auf den Stationen kein Wachpersonal, sondern ausschließlich medizinisches Personal – Pfleger, Schwestern, Ärzte und Psychologen, dazu Therapeuten, Sozialarbeiter und Lehrer. Das Therapieangebot ist umfangreich. Noch einmal wurde Wolodja drei Wochen lang entgiftet und wünschte, ins Methadonprogramm zu kommen. Er strengte sich an, er wollte diese Chance nicht wieder versieben. Das wäre sein Todesurteil. Der Anfang war hart, er hielt durch. Mit den Monaten und Jahren wurden die Haftbedingungen gelockert.

Unter der Substitutionsbehandlung ging das *Craving* zurück, also der Suchtdruck, das unwiderstehliche Verlangen, mehrmals am Tag Heroin zu spritzen und diesen wunderbaren Moment des Glücks zu spüren. Methadon und andere starke Opiate fluten viel langsamer im Gehirn an als gespritztes Heroin. Sie werden als gut steuerbare Ersatzdroge für Abhängige verwendet, die nicht abstinent ohne Betäubungsmittel zurechtkommen. Sie nehmen die körperlichen Symptome des Entzugs und werden unter strenger psychosozialer Kontrolle zuerst hoch dosiert, dann über lange Zeit ausgeschlichen. Dafür fehlt der *Kick*. Wolodjas Welt blieb nun grau und lustlos und schwer. Ohne die euphorischen Höhepunkte fühlte er ständig eine Last auf den Schultern. Es gelang ihm nicht, das Methadon langsam so weit zu reduzieren, wie es ihm der Anstaltsarzt riet. Er brauchte die Langzeitsubstitution. Trotzdem war die Zeit in der Entziehungsanstalt ein voller Erfolg. Er konsumierte kein Heroin mehr und auch weniger Alkohol und Tabletten als in den Monaten zuvor. Seine Spritzenabszesse heilten, die Fixerhepatitis wurde erfolgreich behandelt. HIV hatte er sich beim *Needlesharing* zum Glück nicht eingefangen.

Überleben und Gesundheit waren gesichert, als nächste Riesenschritte musste er Familie und Beruf bewältigen. Die Substitutionstherapie mit Methadon würde er als Leistung der Krankenkassen erhalten, er wollte auf keinen Fall wieder in Beschaffungskriminalität abgleiten.

Während der Gruppentherapie setzte er sich neben Sascha, der gern erzählte. Bald verbrachten sie auch die Sportstunden miteinander. Sascha trainierte ehrgeizig, er war noch nicht kaputt wie Wolodja. Sascha sah sein Problem mit dem Heroin

93

als Ausrutscher, er sei kein Loser, kein Verlierer, keine Niete. Während Wolodja schon immer kurze Beine und seit Jahren eingefallene Wangen hatte, sah Sascha noch gut aus. Alle lachten dreckig, als jemand von seinem Luxuskörper sprach *schön wie ein Pornostar*, der Geilste der Männer. Sascha wurde nicht rot. Wie er sagte, war er ein begabter Musiker. Wenn er den richtigen Klub, die passende Band, den loyalen Sponsor fand, wollte er bald groß herauskommen. Bald! Dann wollte er es der Freundin seiner Freundin Alla zeigen, die über ihn lästerte. Die sagte, dass Alla schon wieder einem mittellosen Musiker hinterherlief, der nichts auf die Reihe bekam und Kinder mit zwei Frauen hatte und für keines Unterhalt zahlte, der so spät noch auf sein musste, dass er morgens nicht aus dem Bett fand und jeden Job verlor. Sie warf Alla vor, von einem Verlierer zum anderen zu wechseln. Sascha würde Allas blöder Freundin beweisen, dass er der Stärkste war. Von Alla erfuhr Wolodja nur, wie jung sie war, üppig gebaut und geil, und dass sie im Schnellrestaurant jobbte.

Der Richter, der Psychiater, die Psychologin, der externe Gutachter – alle meinten es gut mit ihm und sahen die Schwierigkeit der Entwurzelung in der Jugend. Die Fachleute beurteilten die Therapie als erfolgreich, die Sozialprognose als ausreichend und entließen ihn nach gut der Hälfte der anzurechnenden Strafzeit.

Wolodja hatte wirklich großes Glück: Auch seine Eltern Eugen und Anna waren versöhnlich gestimmt. Sie nahmen ihren längst erwachsenen Sohn nach dem Maßregelvollzug wieder in die Familie auf. Obwohl seine Schwester Katja um ihren Platz als gutes Kind kämpfte, zog er in ihr ehemaliges Kinderzimmer in dem Haus, das Eugen zusammen mit vielen anderen begabten Aussiedlern inzwischen mit eigenen Händen erbaut hatte – ein eigenes Haus mit Garten und großer Garage in der niedersächsischen Kleinstadt. Alles war für Wolodja besser als eine Rückkehr auf die Straße!

Die Oma sprach vom *verlorenen Sohn* aus dem Lukasevangelium, der alle vor den Kopf stößt, wegläuft, alles verliert und doch vom Vater in Liebe wieder aufgenommen wird. Seine kluge Mutter sprach über Geschichten von Männern wie Odysseus, die auszogen und nach langem Kampf zurückkehrten, oder vom Wundervogel *Phönix*, der im lodernden Feuer verbrennt und sich aus der Asche wieder erhebt. In ihren Augen standen Tränen der Freude und der Sorge vor der Zukunft. Wolodja schämte sich.

Er ging täglich zu dem Arzt, der die Substitutionsbehandlung fortsetzte, und nahm vor Ort seinen

Methadonsaft ein. Blut und Urin wurden kontrolliert, er war zuverlässig, später bekam er *Take-Home-*Rezepte über den Wochenvorrat an Methadon. Er stabilisierte sich. Obwohl er nichts vorzuweisen hatte als seinen schlechten Hauptschulabschluss und das schlimme Zeugnis aus dem Berufsvorbereitungsjahr, fand er eine Arbeitsstelle bei einem Hersteller von Kartoffelsalat und Feinkost mit sehr großem sozialem Gewissen. »Dafür kannst du Gott danken«, hielt ihm die Oma zwei Mal pro Woche vor. Zu danken war auch seinem Arbeitgeber und den Kollegen, die ihn stützten und an schlechteren Tagen ertrugen – und auch dem Arbeitskräftemangel in der Gegend.

Mit nichts als seinem Stolz, die Sucht fast besiegt zu haben, fing Wolodja an. Er fuhr fast jeden Tag mit seinem alten Jugendfahrrad ins Werk. Und siehe da, er war geschickt an den Maschinen und wurde vom Hilfsarbeiter zum Schichtführer. Er verdiente regelmäßig gutes Geld, holte nach Feierabend sein Rezept, hielt Ordnung in seinen Dingen und sparte.

Die Kartoffelsalatschmiede war elf Kilometer entfernt, das ist im Winter weit. Mit abgeschmolzener Methadondosis stellte Wolodja nach zwei Jahren einen Antrag auf Begutachtung seiner Kraftfahreignung. Tatsächlich wurde ihm unter strengen Auflagen erlaubt, den Führerschein zu machen und Motorroller zu fahren. Wie stolz war Wolodja auf seinen silbernen Roller und auch auf sich! Wie gut ging es ihm doch inzwischen!

Aber dann kam der Unfall.

Er erinnerte sich nicht, wie es passiert war. Die Strecke war kurvig, die Morgendämmerung trübe, glitschiges Laub bedeckte die Fahrbahn. Ein früher Pendler fuhr hinter ihm und sah Wolodja gegen die Eiche prallen. Es gab keinen Hinweis auf ein beteiligtes Auto oder Wild oder ein technisches Problem. *Suizidversuch?*, schrieb der Polizist. *Suizidversuch?*, schrieb der Notarzt. Doch das war es nicht.

Als er aus dem künstlichen Koma erwachte, eingegipst, vernäht und mit einem metallischen Spanngestell am linken Sprunggelenk mit dem offenen Trümmerbruch, waren die Schmerzen noch erträglich. Dann kamen sie mit Macht. Morphium durfte er wegen der Suchtkarriere nicht bekommen, andere Medikamente nahmen nur einen Teil der Pein. Sein Kopf dröhnte vom Schädel-Hirn-Trauma so, dass er kaum denken konnte. Er konnte auf dem Rücken nicht schlafen und sich wegen des sperrigen *Fixateur externe* am linken Bein nicht zur Seite drehen.

Sie fragten ihn, ob er sich das Leben nehmen wollte. Nein, Wolodja wollte leben. Auf der Chirurgie war auch nicht der Ort und keiner hatte Zeit und vor allem hatte Wolodja keine Lust, von früher zusprechen. Von der Zeit, als er Bahngleise aussuchte, auf die er sich legen wollte, und hohe Brücken besichtigte, als er nicht genug Geld für den *Goldenen Schuss* hatte, als Waffen unerreichbar waren. In Amerika wäre es leichter gewesen. Als er in seinem Rohbau hauste und Trost fand in der Sicherheit, dass das Haus hoch genug war für einen letzten Sprung kopfüber. Als er sich durch das kahle Betontreppenhaus nach ganz oben quälte und auf der Brüstung stand. Einmal wippte er auf den Zehen. Senkte er die Fersen, würde er einfach nur rückwärts auf das Flachdach stolpern. Hätte er sich ganz auf die Zehenspitzen gestellt, hätte ihn jedoch der Abgrund angesaugt. Er hätte sich abgestoßen und die Arme ausgebreitet. Vorsichtig stieg er damals zurück auf die Dachfläche. Der Weg hinunter zu seiner Matratze dauerte endlos. In der Psychiatrie hatten auch andere von solchen Minuten berichtet. In der Chirurgie wollte er darüber nicht sprechen, und die Versicherung sollte auch nicht an einem Unfall zweifeln.

Die Wochen vergingen in Langeweile. Im Rollstuhl wurde Wolodja manchmal in den winterlichen Park hinter dem Krankenhaus geschoben oder durch die Nachbarstraßen. An klaren Tagen sah er unterwegs die vier Kirchtürme der Stadt und den Sendemast vor dem hellgrauen Himmel. Von den Speeren des Zauns tropfte der Schnee. Regnete es, kam er nur bis zum Kiosk in der Eingangshalle und kaufte Sudokuhefte oder er blieb im Bett. Zweimal wurde er noch operiert. Die Schmerzen konnte er nun gut ertragen, sein Kopf wurde klarer. Die Zigaretten musste er sich abgewöhnen, denn allein schaffte er es nicht zum Unterstand für Raucher vor dem Klinikeingang. Es war schwer, doch er hatte schon Schlimmeres erlebt. Seine Familie besuchte ihn. Dann kam Sascha zu Besuch. Er hatte nach dem Maßregelvollzug keine Mietwohnung bekommen, lebte in einer betreuten Wohngruppe und schimpfte auf die Mitbewohner und Sozialarbeiter.

Wolodja wurde entlassen und kam mit der Hilfe seiner Mutter zurecht. Sascha und ein Bekannter mit Auto holten ihn ab. Sie fuhren dreimal zum Fast-Food-Restaurant einige Dörfer weiter, in dem Saschas Freundin Alla arbeitete. »Du bist ein Netter«, sagte sie zu Wolodja. Seit Jahren hatte ihn niemand mehr so freundlich angesprochen. Vielleicht noch niemand in seinem ganzen Leben. Beim letzten Mal freute sie sich nicht über den Besuch der Männer. Sie kassierte ohne das übliche Lächeln für Burger und Pommes, kam später an den Tisch und schimpfte über Saschas Unzuverlässigkeit. Immer versprach er, sie zu treffen, und kam nicht. Immer wollte er Geld von ihrem schmalen Lehrlingsgehalt. Sie bekam jetzt weniger als früher. Weil sie fleißig und freundlich war, hatte der Chef der Burgerbrater ihr vorgeschlagen, nicht länger als Mitarbeiterin am Putzlappen, der Kasse und am Drive-In-Schalter zu arbeiten, sondern eine duale Ausbildung in Systemgastronomie zu machen. Sie bekam nur halb soviel Geld, aber lernte Einkauf sowie Personalmanagement und wollte nach der Lehre noch weiter vorankommen. Warum Sascha immer nur herumhänge? Wolodja verteidigte Sascha, bis die runde Alla die zehn Jahre älteren Männer wütend anfunkelte. »Ende der Pause«, sagte sie, »ich will arbeiten.« Wolodja küsste sie zum Abschied auf die Wange. Sascha explodierte vor Eifersucht, schubste ihn gegen den Tisch und zu Boden und wollte zutreten. Alla ging dazwischen und holte ein Pflaster.

Dann stand kein Auto mehr zur Verfügung. Sascha wurde verhaftet. Wolodja arbeitete wieder in der Feinkostfabrik.

Wolodja und Alla trafen sich zufällig vor einer Musikbühne beim Stadtfest. Er lud sie zu Champignons in Knoblauchsauce ein. Sie unterbrach ihre

Diät. Sie hatte mit Sascha bei seinem Rückfall Schluss gemacht, wollte nicht seine Drogen finanzieren und hatte böse Überraschungen satt. Wolodja erzählte von seinem Vorleben und dem Unfall und wie gut es ihm jetzt ging. Er trank keinen Alkohol und rauchte nicht, das imponierte ihr. Sie hatte keinen Freund, er keine Freundin. Sie verabredeten sich zum Spazierengehen, schön langsam und nur auf ebenem Boden wegen des Knöchelbruchs. Sie tranken Kaffee miteinander und gingen ins Kino. Zu seinem Geburtstag brachte sie Zupfkuchen.

In der Firma und im Krankenhaus hieß Wolodja immer *Waldemar*, so stand es auch in allen Papieren. Sein Vater sagte meistens *Wladimir*, wie früher, vermied es aber, seinen Sohn beim Namen zu rufen. Alla sagte wie die Mutter und die geliebte tote Großmutter *Wolodja* zu ihm. Ihr Onkel hieß auch so. Er freute sich darüber sehr.

Die Narben an den Armen waren alt. An diesem Sommertag kam er nur wegen Magen-Darm-Grippe in die Sprechstunde. Damit durfte er natürlich nicht in der Produktion von Lebensmitteln arbeiten. Ich schrieb seine Krankmeldung und ein Rezept. Alles Übrige war auf einem guten Weg.

Luftnot 3

Das Herz klopft und rast. Panik überwältigt sie. Übelkeit steigt auf. Die Panik fühlt sich wie Atemnot an. Sie atmet immer tiefer, hyperventiliert, bis das Säure-Basen-Gleichgewicht und der Mineralhaushalt des Körpers sich verändern. Ihre Hände kribbeln, die Finger werden steif, selten treten sogar Muskelkrämpfe auf. Sie atmet immer tiefer, flüstert und wird fortgetragen in eine wattige Stille, wie hinter einer Wasserwand.

Sie hört nur, was jemand direkt vor ihrem Gesicht spricht. Beruhigende Worte helfen. Eine besondere Atemtechnik mit einem Beutel verwendet die ausgeatmete Luft wieder und ist leicht zu erlernen. – Leicht in der Theorie, aber sie kann diese Technik nicht anwenden, wenn die Not am größten ist. Sie kennt die Alarmzeichen und ruft um Hilfe, statt sich selbst zu helfen. Ihre Liebsten versammeln sich, schauen hilflos ihrer Panik zu. So ist es jedes Mal. Einer greift zum Telefon und ruft den Arzt. Es gibt Medikamente für den Notfall, die schnell beruhigen. Am wichtigsten ist aber Psychotherapie, die das Problem auf Dauer löst. Ohne sie kann entstehen, was ich bei dieser Familie beobachten musste, die nur eine Sprache sprach, für die sich hier kein Therapeut fand.

Voll Heimweh nach dem fernen Dorf und der vertrauten Kultur lebten sie in Deutschland auf unterem Sozialniveau. Für Hilfsarbeiten zugewandert, blieben vor allem die Frauen fremd und unsicher, wenige konnten lesen und schreiben. Vielfältig waren ihre Beschwerden. Einige der Frauen bekamen Antidepressiva ohne wirklichen Erfolg. Großmutter und Mutter vererbten die dramatischen Hyperventilationsanfälle ab der Pubertät an die Enkelinnen weiter. Viele Male im Jahr riefen sie abends und nachts den Arzt im Bereitschaftsdienst. Die gesamte Sippe versammelte sich auf den Plüschsofas und Teppichen in der Wohnung der gerade betroffenen Angehörigen. Schwestern und Tanten stützten sie, Mütter oder Töchter massierten die Arme und Hände und weinten laut vor Sorge. Die Anfälle waren in wenigen Minuten gut zu behandeln, doch dauerte es nicht lange bis zum nächsten.

Luftnot befällt auch Menschen, oft junge Menschen, denen ihr Kummer den Atem abschnürt. Kommen sie mit ihrem seelischen Problem zurecht, erleiden sie auch keine Hyperventilationsanfälle mehr. Es ist bekannt, dass Blutsverwandte von Angsterkrankten ein vielfach gesteigertes Risiko für die Entwicklung eigener Panikattacken haben, das betrifft nach Studien ein bis zwei Drittel der Panikkranken. Doch sind die geerbten Basenpaare der Desoxyribonukleinsäure im Zellkern nur eine Facette der Krankheitsursachen. Bei schwierigen Lebensverhältnissen und persönlichen Katastrophen, bei Vernachlässigung, Missbrauch oder Trennungen kommt es auch zu epigenetischen Veränderungen: Es lagern sich Methyl- und Acetylgruppen an die DNA an, die die Raumstruktur und Funktion der Gene ändern. Darunter kann auch die Widerstandskraft, die Resilienz gegen seelische Erkrankungen leiden.

Doch Panik wird auch gelernt und kann ebenso wieder abtrainiert werden. Die theatralischen Situationen in dieser Familie wurden erst seltener, als einige aus der jüngeren Generation die deutsche Sprache und die Gebräuche so gut lernten, dass sie beides für die ganze Sippe übersetzen konnten. Mit der EU-Erweiterung waren Verwandte und Bekannte der entwurzelten Gastarbeiterfamilien aus der alten Heimat hierher gekommen, lebten nun in Wohnblocks in der Nachbarschaft. Für die Kommune bedeutete das eine Explosion der Sozialleistungen. Doch in dieser Ghettosituation blühten die Mütter auf. Nach etlichen Jahren war das Problem verschwunden: Dolmetscher wuchsen in den eigenen Reihen nach, die Jungen machten immer öfter Schulabschlüsse und fanden Arbeit, das Heimweh ließ nach.

Die Zeit heilte die Atemnot.

Abends

In der Nacht, wer hat die Macht? Wenn die Dämmerung fällt, verändern sich Krankheiten. Manche treten neu auf, einige werden gefährlicher, andere beruhigen sich.

Das Hormonprogramm des Menschen steuert, wie er in den Schlaf finden soll: Reichlich Tageslichteinfall unter freiem Himmel macht munter. Wird das Licht bei Einfall der Dunkelheit rötlicher und schwächer und vergeht ganz, so geben die Netzhaut der Augen und die Zirbeldrüse im Zwischenhirn veränderte Signale an den Körper. Es wird Zeit, das Glückshormon *Serotonin* verstärkt zum Schlafhormon *Melatonin* umzubauen. Puls, Blutdruck, Temperatur und Atmung sinken, die Müdigkeit wächst. Doch nicht bei jedem funktioniert das so lehrbuchmäßig.

Junge wie Alte verbringen immer weniger Zeit draußen, das schadet diesem Regelkreis. Elektrisches Licht und vor allem das blaue Licht der Smartphones, Computer und Fernseher stören die Melatoninproduktion. Statt zur Ruhe zu finden, breitet sich in mancher Seele Unruhe aus und sogar Angst. Die Gedanken kreisen um den Tag, die Vergangenheit oder Zukunft und die Schmerzen.

Der Körper verändert sich im Takt der inneren Uhr. Zur Abendbrotzeit steigen Cholesterin und andere Fette im Blut. Der Biorhythmus hebt die Körpertemperatur. Ab 19 Uhr sind Zahnschmerzen am stärksten, nach 20 Uhr schmerzt der erhöhte Magensäurespiegel. Viele Leiden erscheinen bedrohlicher, wenn es Nacht wird – auch wenn Patienten sie kennen wie langjährige Begleiter.

Hoher Blutdruck oder Bauchschmerz, dicke Beine oder Fieber kommen gerne abends zu den Menschen, die ihre Ärztin, ihren Altenpfleger oder die Nachbarin nicht mehr rufen können. Bei der Suche im Internet ist die Auswahl an Ursachen riesig, jeder Kopfschmerz kann sehr bedrohlich, kann Krebs sein und Beruhigung ist selten zu finden.

Doch nicht alle Praxen sind geschlossen: Die Ärzte im Bereitschaftsdienst kümmern sich auch nachts um diese Patienten, auch am Sonntag und Weihnachten. Mit vielen Krankheiten muss man nicht vor der Notaufnahme warten. Unter der Telefonnummer 116117 werden die Kranken beraten, in die Bereitschaftsdienstpraxis geladen oder Hausbesuche vereinbart. Bei dramatischen Erkrankungen gibt es schnellste Hilfe unter der Notrufnummer 112.

Bei niedergelassenen Ärzten ist der Bereitschaftsdienst neben der Sprechstundenzeit allgemein unbeliebt, irgendwann muss mal Schluss sein, Hausbesuche bei Regen und Schnee zehren an der Kraft, die Unterstützung durch die Fachangestellten fehlt, Labor und Technik entfallen. Auge und Ohr, Tastsinn und Nase, einige Instrumente und Schnelltests müssen für eine schnelle Einschätzung reichen. Pathologen haben wenig Erfahrung mit Gallenkoliken, Ohrenärzte mit den ausgerenkten Ellenbogen von Kleinkindern, trotzdem werden sie zum Dienst eingeteilt. Hautärzte fürchten vielleicht die Lungenentzündung und suchen Ärzte, die sie freiwillig vertreten.

Doch ich habe über viele Jahre gern Bereitschaftsdienst gemacht: Ich treffe auf Kranke, die ich nur selten kenne, die sich aber oft in existenzieller Not fühlen und denen ich mit einer Untersuchung, einem Medikament, einem Gespräch helfen kann. Lebensbedrohliche Fälle sind selten, doch darf ich sie nicht übersehen. Ein wenig Detektivarbeit gehört dazu. Die verschiedensten Krankheiten wollen bedacht sein. Es kommt darauf an, in wenigen Minuten zu entscheiden, wer gefährdet ist und wie geholfen werden kann, wer ins Krankenhaus muss oder ob meine Möglichkeiten und Kenntnisse ausreichen. Vielleicht hat die genaue Klärung Zeit und der Hausarzt soll demnächst weiter untersuchen. Häufig reicht es aus, die akute Situation zu analysieren, einzuordnen, mit einer Spritze oder Tabletten zu behandeln und zu erklären: *In dieser Nacht, an diesem Wochenende droht keine Gefahr.* Das ist eine Arbeit mit interessanten Menschen, schnellen Entscheidungen und vor allem überschaubarer Bürokratie. Mir schenkt sie mehr Freude als die nicht immer erfolgreiche Behandlung von hohen Fettspiegeln und anderen Zivilisationskrankheiten, so wichtig diese auch sind. Viele Patienten sind sehr dankbar für einen Besuch zur *Unzeit.*

Ich berichte von einer Frau, die kurz vor Mitternacht anrief. Sie habe seit Stunden ihren Blutdruck immer wieder gemessen, er sei zu hoch. Sie habe Angst vor einem Schlaganfall und sei verzweifelt. Tatsächlich ist ein Blutdruck von 210 zu 110 mm Quecksilbersäule kritisch, zumal die Dame über 90 Jahre alt war. Das ist aber kein Fall für den Rettungswagen, sondern für einen Hausbesuch im Bereitschaftsdienst.

Vor ihrer Haustür angekommen, stand ich zunächst im Regen. Sie hantierte umständlich mit dem Schlüssel. Sie war noch kleiner als ich, gebeugt und zerknittert, um diese Zeit noch in Rock und Pullover.

Die Aufregung hatte den Blutdruck inzwischen noch etwas höher getrieben, Brustschmerzen hatte sie nicht. Es dauerte, bis sie aus den Küchenschubladen ihre Dauermedikation und die Bedarfstabletten hervorgekramt hatte, damit ich keine unverträgliche Therapie wählte.

Herz und Lunge klangen beim Abhören fast unauffällig, also begann ich die Behandlung der Blutdruckkrise mit Nitrospray und später zusätzlich einem leichten Beruhigungsmittel. Die Wirkung muss man vor jedem neuen Dosisschritt abwarten und nachmessen, bis die Blutdruckspitze gemildert ist. So war ich eine ganze Weile bei dieser alten Dame und sie erzählte im Zungenschlag der Russlanddeutschen:

Anna, so hieß sie, hatte seit vier Tagen keinen Menschen mehr gesehen und kein Wort gesprochen. Den Fernseher konnte sie nicht mehr richtig hören. Ihre Tochter Lubow, die unten im Haus wohnte und sie täglich versorgte, lag zur Kniegelenksoperation im Krankenhaus, der Schwiegersohn lebte während der Woche weit entfernt auf Montage. Die Enkel waren berufstätig und sie wollte sie nicht stören. Ihr Mann war kurz nach der goldenen Hochzeit gestorben, er war ja so verbraucht und auch etwas dement, das kam von der harten Zeit in der *Trudarmee*.

Die goldene Hochzeit lag schon zwanzig Jahre zurück. Aus den Bilderrahmen strahlten Georg, damals 76 Jahre alt, und Anna, 71, im Festtagsstaat, um sie versammelt Kinder und Kindeskinder. Die Enkel überragten ihre Eltern so sehr, dass ich danach fragte. Doch zunächst wollte Anna von ihrer Sorge mit Georg erzählen:

Die Knie taten ihm weh, die Schulter und das Herz. Sein Gedächtnis wurde schlechter. Er fand seine Schuhe nicht mehr und konnte sie nicht zubinden. Sein Platz am Tisch war nach jedem Essen voller Krümel und Flecken. Sie waren erst wenige Jahre in Deutschland, Georg brachte vieles durcheinander und sprach fast nur noch von der Zeit in der Sowjetunion, das waren keine fröhlichen Erinnerungen. Später antwortete er auf jede Frage »Jo«. Anna und ihre Tochter Lubow pflegten ihn. Weil es mit der Sprache noch schwer war, stellte ein Pflegedienst die Tabletten. Dann lief Georg fort. Er quälte sich die Treppe hinunter in dem schönen Haus, das Lubows Mann mit seinen Cousins gebaut hatte, und ging immer weiter. Wenn die jungen Leute zu Hause waren, führten sie ihn schnell wieder heim. Doch dann, kurz vor seinem Tod, konnten sie ihn nicht finden. Neben dem Wäldchen lag der kleine See und dahinter der Fluss. Nachbarn und Freunde suchten vergebens.

Als es dunkel wurde, so dunkel wie heute, meldete Lubow den Vater als vermisst. Ein Polizeihubschrauber kreiste über der Gegend, eine Hundertschaft stocherte mit langen Stöcken durch das Unterholz, bis die Mantrailer-Hunde Georg aufspürten. Die Angst war so groß gewesen, dass Anna sich gar nicht gleich glücklich fühlen konnte.

Der Blutdruck sank allmählich, doch noch nicht genug, wir hatten noch Zeit. Ich fragte, wann Lubow oder ihr Schwiegersohn sie wieder besuchen könnten? Ja, Alex am Freitag oder Samstag, die Enkel nur am Wochenende oder wenn sie anrief. Die gute Lubow müsse nach dem Krankenhaus noch in die Reha. Ich schrieb in den Brief für den Hausarzt: *Pflegedienst täglich?* Anna zeigte mir auf den Fotos ihre drei Kinder: Lubow, Walerij und Anton.

Mit Lubow war es so schwer gewesen, das Kind hatte so viel entbehrt! Und nun war sie die Beste und kümmerte sich, wie Anna sich damals nicht kümmern konnte. Lubow war in eine harte Zeit geboren.

Georg und Anna mussten beide zur *Trudarmee*, dem Arbeitsdienst als Ersatz für den Kriegseinsatz. Gleich nachdem sie 1946 daraus entlassen wurden, hatten sie geheiratet. Sie liebten sich seit dem Transport 1941 und waren so lange getrennt gewesen. Er war derart entkräftet von der Zwangsarbeit im Bergwerk und dem Hunger und der Kälte und dem Leben in Erdhütten und Baracken, dass er von Anna erst aufgepäppelt werden musste. Sie war so schwach von der Arbeit beim Bäumefällen und Wegebau, dass sie Jahre brauchte, um wie eine Frau auszusehen und zu funktionieren. Mit der Zeit hörte der dauernde Durchfall auf und neue Haare wuchsen auf den rasierten Köpfen. Beide waren sie Bauernkinder und verstanden etwas von der Landwirtschaft. Doch sie konnten nicht an die Wolga zurückkehren, wo sie geboren und aufgewachsen waren, nicht auf den fruchtbaren Boden und in ihre alten Dörfer. Sie wurden in den *Rajon* geschickt, in den Georgs Eltern eingewiesen wurden, als Stalin um die 400.000 Deutsche, dazu Tataren, Tschetschenen, Finnen und andere Völker seines Reiches hinter den Ural deportieren ließ. Kollektiv wurden sie beschuldigt, als feindliche *Fünfte Kolonnen* mit den Nazis zu kollaborieren.

Was konnten sie schon anbauen in dieser kasachischen Steppe bei Semipalatinsk, am Ufer des breiten Flusses Irtysch? Von November bis April war der Fluss zugefroren. Jeder Teich fror zu geeistem Stahl. Im Sommer staubte der Sand. Sie wollten neu anfangen und eine Familie gründen, doch Anna wurde nicht schwanger. Bis ein Verwalter des Sonderlagers sie vergewaltigte. Sie war so bitter in ihrem Herzen – sie fand keine Worte dafür. Erst nach Jahrzehnten hatte sie Georg und dann Lubow davon erzählt. Lubow weinte und sprach nie über die tiefe Verletzung, nicht mit Freude gezeugt zu sein, als Kind der Liebe. Sie lebten im Land der unaussprechbaren Worte und in der Familie der Geheimnisse. Keiner sprach über Tanten, die in der *Oktoberrevolution*, oder Onkels, die im Kampf gegen die deutsche *Operation Barbarossa* ums Leben gekommen waren. Keiner sprach über die Härten der Arbeitslager und die Verhungerten. Es war leichter so. Sie lebten unter Kommandoaufsicht. Keiner sprach über die Millionen Menschen in Straflagern. Gottesdienste wurden geheim abgehalten. *Allen Gewalten zum Trotz sich erhalten*, das war die Leitschnur. Die Wände hatten Ohren. Die Aufseher waren sicher, dass sie auf der richtigen Seite stünden und keine Schuld trügen. Stalin wurde als Sieger im Großen Vaterländischen Krieg verehrt, das Gute hatte über das Böse gesiegt.

Lubow blieb bei der Großmutter, wenn Anna und Georg zur Arbeit gingen. Sie winkte fröhlich, wenn Anna weinend aus der Tür ging, und vergoss

Krokodilstränen beim Abschied von der Großmutter. Anna hätte ihr gerne mehr Milch und mehr Wärme und Nähe gegeben. Sie hungerten wie alle. Lubow war so dünn und so blass wie viele Kinder im Sonderlager für die *Volksdeutschen.* Unter Strafandrohung durfte niemand hinaus, um Milch oder Brot zu besorgen. Kaum war sie geboren, so weiß man heute, wurden Alte und Junge auf unerklärliche Weise kränker. Sie wussten nicht, warum ihre Kinder so klein blieben, auch die der Nachbarn, später auch Walerij und Anton.

Inzwischen lag Annas Blutdruck bei 170 zu 100, weiter wollte ich ihn nicht so schnell senken.

Ich hätte mich nach einigen Schreibarbeiten verabschieden können, doch Anna schien gar nicht müde, sie wollte erzählen und ich musste nirgendwo anders hin. Gerade jetzt, so fühlte ich, würde etwas Unerhörtes zur Sprache kommen: Anna wurde trotz ihres hohen Alters und nach vielen Jahren in Deutschland zornig.

Der Grund für die kleinen Kinder war schlimmer als gedacht. *Kurtschatow* heißt seit den 90er-Jahren der Ort, nach dem Leiter des sowjetischen Atombombenprogramms. Er trägt ein Atomsymbol im Wappen. Inzwischen siedeln in der Gegend vor allem Kasachen und Russen. Die chinesische Grenze ist nicht weit. Damals war das eine geschlossene Stadt und auf den Landkarten der Sowjetunion nicht verzeichnet. Georg und Anna mussten mit anderen Deutschstämmigen in einer Sondersiedlung wohnen. Die meisten hatten ein unheimliches Gefühl und kannten nicht den wahren Grund. In Lubows ersten Lebenstagen begannen die Kernwaffentests, zuerst in der Atmosphäre, ab 1963 in Bohrlöchern und Tunneln – knapp 500 Bomben bis 1989. Die erste Atombombe 1949, die erste Wasserstoffbombe 1953 fielen im August, gerade zur Zeit der Weizenernte. Schutzlos waren sie der Strahlung ausgesetzt. Die Kinder bekamen anderen Krebs als die Alten.

Auf der Welt gab es genug Atombomben, um alle Menschen und Tiere vielfach auszulöschen. Dann aber brach das Sowjetimperium friedlich zusammen, die Kriege im Kaukasus und auf dem Balkan wüteten sehr fern von Anna und ihrer Familie. Sie hatten nichts kommen sehen und ungläubig den Kopf über *Glasnost* und Demonstranten geschüttelt. Vom Zentrum aus löste sich die alte Ordnung auf. Das mächtige Imperium zerbröckelte fast geräuschlos, die neue Unsicherheit begann. So schnell sie konnten, zogen sie um. Noch bevor Kasachstan Ende 1991 unabhängig wurde, suchten sie nach besseren Lebensmöglichkeiten weiter südlich. Als der breite Strom der Aussiedler nach Deutschland einsetzte, verließen sie wieder einmal ihr Haus und reisten nach Westen, in das Land ihrer Vorfahren. Katharina die Große hatte denen vor über 200 Jahren gute Startbedingungen im Russischen Reich zugesichert und ihr Versprechen gehalten. Die Sprache, den Glauben, die Lebensart hatten sie trotz einiger Anpassung bewahrt. Sie hatten sich allen Gewalten zum Trotz erhalten. Die Entscheidung zu gehen war schwierig gewesen, aber sie bereuten sie nicht. Auch Deutschland war ein Land, in dem man an jeder zweiten Ecke noch die Folgen des Zweiten Weltkriegs spürte. All die Jahre nach dem Ende des *Warschauer Pakts* waren so viele neue Menschen hierher gekommen! Ihre Hausärztin stammte aus Omsk in Russland, ihr Frauenarzt aus der DDR. Litauer und Rumänen sah sie auch oft. Die Menschen müssten immer reisen. Sie wollte das nicht mehr.

Ich packte meine Formulare ein. Die lange Rede hatte Anna ermüdet und wohl auch getröstet. Ihr Blutdruck lag im ungefährlichen Bereich. Sie hatte eine warme Wohnung und war zufrieden. In dieser Nacht würde sie ruhig schlafen. Lubow bekam ein modernes Kniegelenk. Bald könnte sie wieder nach ihrer Mutter schauen. Der Schwiegersohn hatte eine Firma gegründet und ein Haus gebaut. Walerij und Anton waren fleißig und ihre Frauen ordentlich. Morgen wollte sie telefonieren. Die Enkel hatten Handwerke erlernt oder kaufmännische Berufe gewählt. Sie waren größer und kräftiger als ihre halb verhungerten und verstrahlten Eltern. Auf den Bildern von der goldenen Hochzeit waren sie noch nicht zu sehen, doch gab es inzwischen mehrere Urenkelchen, eines hieß Georg und zwei hießen Anna.

Zur Person

Petra Fischer, geboren 1958 in Wiesbaden, aufgewachsen in Salzburg, Medizinstudium in Mainz, Weiterbildung an Krankenhäusern in Rheinland-Pfalz und Niedersachsen; seit 1987 Praxistätigkeit als Fachärztin für Allgemeinmedizin in kleinen Städten der norddeutschen Provinz, verheiratet, vier erwachsene Kinder.

Zeitfracht Medien GmbH
Ferdinand-Jühlke-Straße 7
99095 Erfurt, Deutschland
produktsicherheit@kolibri360.de